Reader Takes All.

詩戀Pi

πoιητ

不是繩索固定在地面的熱汽球

In rhythm, or in rhyme

文／郝明義

幾年前一個夏天，在紐約一家書店，買了許多工作上需要的書以後，隨手從書架拿下一個聽過，但是沒讀過的詩人的書。打開的那一頁，詩的句子是這麼躍動著的：

It could have happened.

It had to happen.

It happened sooner. Later.

Nearer. Farther.

It happened not to you.

You survived because you were the first.

You survived because you were the last.

Because you were alone. Because of people.

Because you turned left. Because you turned right.

Because rain fell. Because a shadow fell.

Because sunny weather prevailed.[1]

……

我跟著 en, en 的音節讀著，心跳也跟著難以言述地躍動著。

□

聽說Net and Books第二本書的主題是「詩」，很多人都會問一句：「為什麼要做詩？」

為什麼要做詩？

要說理由的話，有兩個。

一個是覺得世界外沿擴展了太長的時間，應該是換一個方向，內縮凝聚的時候了。

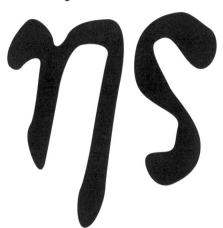

Poet（詩人）的字源來自希臘字 ποιητής，原是「製造者」（maker）的意思。希羅多德首先用這個字來意指寫詩的人。

另一個，是覺得周圍的環境什麼都有，就是沒有韻律與節奏。

詩，可能是這兩個理由的答案。

可是，理由是比不過感覺的，就是那個夏天下午在那家書店書架下幾乎可以聽見自己心跳的感覺。

□

查字典，查百科全書，在「Poetry詩」的條目下，看過這樣的解釋：「almost impossible to define.」（幾乎無從定義。）

也看過一篇文章，說最有力的文章(Prose)，也只是用繩索固定在地面的熱汽球，永遠無法離地而飛。而詩，則不然。

我相信這種說法。

1 波蘭詩人辛波絲卡的詩〈It could happen〉。

Net and Books 網路與書 2

詩戀Pi

經營顧問	Peter Weidhaas　陳原　沈昌文
	陳萬雄　朱邦復　高信疆
策劃指導	楊渡
業務諮詢	蘇拾平

發 行 人	郝明義
總 經 理	林少予
主　　編	黃秀如　張惠菁
編　　輯	李康莉　何儀慧
北京地區策劃	于奇
美術指導	張士勇
攝影指導	何經泰
美術編輯	倪孟慧　張碧倫
業務代表	楊景輝
行政兼讀者服務	王淑芬

出版者：英屬蓋曼群島商網路與書股份有限公司台灣分公司
臺北市南京東路四段25號10樓之1
TEL：(02)2546-7799　FAX：(02)2545-2951
email：help@netandbooks.com
網址：http://www.netandbooks.com
郵撥帳號：19542850
戶名：英屬蓋曼群島商網路與書股份有限公司台灣分公司
總經銷：大和圖書有限公司
地址：台北縣三重市大智路139號
TEL：886-2-2981-8089　FAX：886-2-2988-3028
製版：凱立國際印刷（股）公司
印刷：詠豐印刷（股）公司
初版一刷：2001年12月
法律顧問：全理法律事務所董安丹律師
定價：新台幣280元

Net and Books 2
Poetry
Copyright @2001 by Net and Books
Advisors: Peter Weidhass　Chen Yuan　Shen Chang Wen
　　　　Chang Man Hung　Chu Bang Fu　Gao Xin Jiang
Editorial Consultant: Yang Tu
Marketing Consultant: S.P.Su
Publisher: Rex How
General Manager: Shaoyu Lin
Chief Editor: Huang Shiou-ru　Michelle Chang
Editors: Karen Lee　Yvonne Her
Managing Editor in Beijing: Yu Qi
Art Director: Zhang Shi Yung
Photography Director: He Jing Tai
Art: Ni Meng Hui　Zhang Bi Lun
Sales Representative: Rick Yang
Administration: Carol Wang
Net and Books Co. Ltd. Taiwan Branch(Cayman Islands)
10F-1, 25, Section 4, Nanking East Road, Taipei, Taiwan
TEL:886-2-2546-7799　**FAX:**886-2-2545-2951
Email:help@netandbooks.com　http://www.netandbooks.com

CONTENTS
目錄

關於書名
Pi字，發音「派」、「癖」或任何你願意發出的類似聲音。

漢墨軒提供

封面、P2、右頁圖：米蘭‧昆德拉（Milan Kundera）手稿‧郝明義提供

何經泰攝影

Part I

瞄準柏拉圖的後腦勺

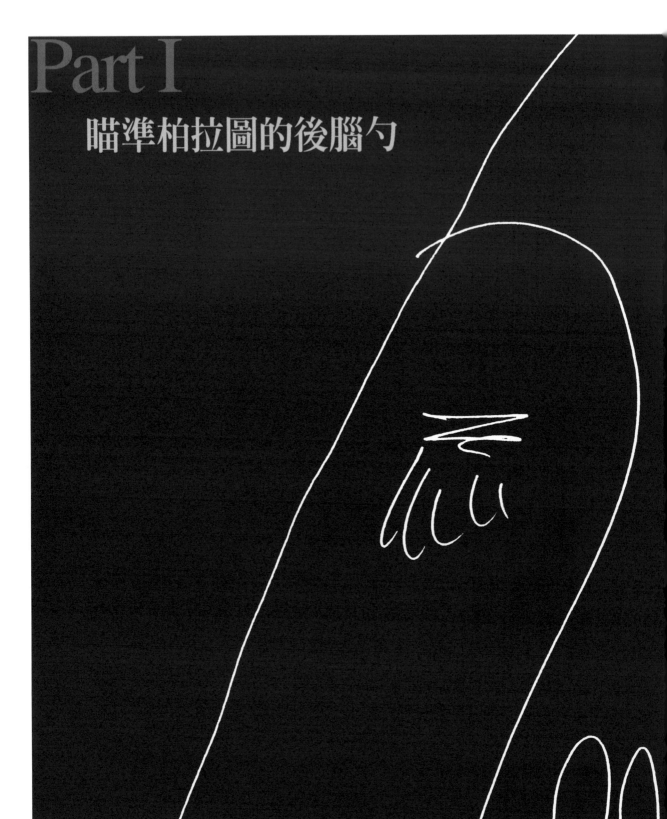

火箭墜落了
自然會有飛碟哼著歌
經過

文／李康莉

有人說，這個年代，已經不適合詩的存在。

古老的詩像是億萬年前的恐龍，面臨了大量滅絕的危機。詩人大規模地出走，集體奔逃到不知名的遠方。遺留下來的詩人，彼此竊竊私語，用某種失傳的語言與手勢，交換著進入密道的途徑。

或許，你會說，在這個時代，詩是夢幻的，它無法給你任何生存於鋼筋水泥的配備。詩是階級的，它挑戰也打擊著你的閱讀品味。詩是反動的，它缺少你記憶中家鄉的調子。詩是排外的，是一群拜詩的法西斯分子狂熱的謎語。詩是可恥的，政治的混亂、經濟的衰退干擾了你因為一首詩而愉悅的正當性。總而一句，詩是少數人的專利。

你總是堅持你的不在場證明，一再否認自己讀詩，或是寫詩的「嫌疑」。這樣的抗辯終歸徒勞，因為詩就在你的生活裡。

詩並不是一種夢囈。詩歌的場景，每天都和你交錯。在一扇門的開啟與閉闔之間，與你相遇。它並不試圖說服你的理智，卻直接與你的情感對話。

走在重慶南路的人行道上，掉落的樹葉讓你回想起十五歲曾經寫下的一句話，包藏在淺藍色的信封裡，始終沒有寄出去。

在辦公室螢幕與螢幕區隔成的牢籠裡，你看著城市的街道上來去匆匆的行人，突然想起這樣的句子：「虛幻的城市／冬日的早晨瀰漫著渾濁的霧氣／行人發出間歇而短促的嘆息。」

在九月的某一天，那些流離的異鄉人都哭了，因為一位離開祖國的菲律賓勞工，在台北舉行的詩歌徵文比賽中用家鄉的語言朗誦了一首懷念故鄉的詩。

颱風過境的大水中，有人寫下了這樣的句子：「海水倒灌入我們的身體／我們躺在床上／穿泳褲戴著蛙鏡睡著了／明天不知道會在哪一個港口醒來。」

你在KTV唱著王菲如詩般的歌曲，同一個時間，地球的另一端，智利的學童們在課堂上朗誦著聶魯達 (Pablo Neruda) 的詩句。詩與你的距離，不會比巷口轉角的錢櫃更遠。也不會比南美洲的智利更近。

詩的記憶，每天和你擦身而過，召喚著你，像是班雅明（Walter Benjamin）口中不可復返的靈光，乍現，又瞬間消失了蹤跡。

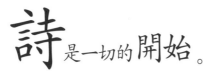

詩 是一切的開始。

擁有一副天生好嗓子的希臘詩人荷馬，在西元前八世紀，從老者口中斷續的歷史與神話中，吟唱出空前的史詩《伊利亞德》和《奧德賽》，這是歐洲文學的開始。

希臘女詩人莎孚（Sappho），與荷馬齊名，又稱第十詩神。曾在一個叫做列茲波斯（Lesbos）的島上，帶領一群年輕的女性，習音律，以詩讚頌美神。其詩以其強烈的情感和敏銳的觀察著稱。

「文字和印刷術未發明之前，詩歌即已活躍大地，這即是爲什麼我們知道詩歌就像麵包一樣，理應爲眾人所享。」（聶魯達）

在中東的迦南，在遠古的希臘，在戰國時代的中國，沒有小說、沒有戲劇，有些甚至還沒有文字，就有了詩——藉著最原始的方式，先民經驗在口耳相傳的詩歌中，轉化成歷史／神話。

《詩經》裡的先民們唱著「蒹葭蒼蒼，白露爲霜。所謂伊人，在水一方」；正像二十一世紀的我們唱著林夕的〈彼岸花〉，都是當時好聽的流行歌曲。

詩是一切的終結。

在愛爾蘭詩人葉慈 (W. B. Yeats) 的筆下，戰爭被描寫成一個獅身人面，眼神空洞的大怪獸。在他著名的詩作〈二度降臨〉裡，人們期待了兩千年，卻沒有等到救世主的降臨，反而喚醒了怪獸的沉睡，使世界走向毀滅。他是這麼描述末日的景觀：

在沙漠的塵埃之中

一形影，有獅的身軀人的頭

一凝視，空洞而無情如陽光

正移動著緩慢的軀殼，週邊是

憤怒的沙漠鳥群，捲動的陰影

黑暗又滴落了，然而我已知道

二十個世紀，頑石般的長眠

已經讓擺動的搖籃盪入夢魘

那是什麼畜生？它的時間終於到來

淫淫靡靡的走入伯利恆，等待出生？

～摘自葉慈〈二度降臨〉

詩是宗教。

唐朝的詩人王維，篤信禪宗，直接在詩中說起佛理：

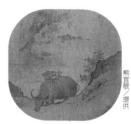

熊宜敬／提供

在中國，詩很早就發生了。庶民的農忙與情事，貴族生活的田獵飲宴，宗廟裡的祀神祭祖，都有詩歌。中國早期詩歌以抒情，尤其以愛情的詩歌為主。（以希臘為代表的西方，則以史詩，尤其以崇拜神與英雄的史詩為主。）

到了孔子的時代，他收集了公元前十一世紀到前六世紀（大約相當於西周到春秋）的305篇詩歌，分風、雅、頌三部分編為《詩經》。風是各地歌謠；雅分大雅、小雅，是貴族的歌；頌則是宗廟祭祀的樂歌。

龍鍾一老翁，徒步謁禪宮。

欲問義心義，遙知空病空。

山河天眼裡，世界法身中。

莫怪銷炎熱，能生大地風。

～〈夏日過青龍寺謁操禪師〉

維吉爾（Virgil）是羅馬最偉大的詩人。其作品《伊尼亞德》（Aeneid）是記述羅馬歷史的國族史詩。

在西方的宗教長詩《失樂園》裡，彌爾頓 (John Milton) 用意志與宿命的主題，回應了人類有史以來最大的悲劇。因為高度的戲劇張力，和對撒旦過於熱情的描繪，引來了好事者的批評：「詩中的英雄是魔鬼，而非上帝。」

連十九世紀的詩人布雷克 (William Blake) 都說，「彌爾頓是真正的詩人，還不知道怎麼回事就站到魔鬼那邊去了。」

其實，大家多慮了。在這個宗教自由的時代，天使有天使的宗教，魔鬼有魔鬼的宗教。

而詩，就是詩人的宗教。

詩是大聲張揚的愛情。

揮別了「怪力亂神」的傳說，「勇士鬥惡龍」的英雄事蹟，文藝復興的詩歌轉變為一種觀照詩人內心趣味的抒情小調。中世紀的黑死病結束了，十四行詩卻在義大利流行開來，愛情的氣味蔓延了整個歐陸。留著小鬍子、穿著蓬蓬袖的宮廷詩人們，每天莫不想破腦袋，用最具巧思的比喻來歌頌情人的美好，愛情的偉大：

我是否該把你比作夏天？

有時嚴風還會吹落五月的花蕊

你卻更迷人更溫和

夏天的陽光總是短暫

而你的美貌沒有期限

～摘自莎士比亞〈我是否該把你比作夏天？〉

不知是哪位神祕女子免費提供了詩人們一個世紀的靈感和創意？

詩是祕而不宣的愛情。

日本平安王朝時代，和歌盛行。《源氏物語》即以光源氏情史為主軸，穿插了戀人邂逅傳情的和歌。在第十二帖光源氏與紫夫人分離，見到空中有雁群飛過，便觸景生情地吟哦：

初雁過兮遣悲鳴，
行行列列展旅翼，
禽鳥啟解兮戀人情？

關於此等情事，不論是同性之愛，還是異性之情，東方的詩人多走婉約路線。於是唐詩、宋詞中，借景抒情，托物詠人，大量的密語流竄，平添了後人想像和八卦的空間。

《羅摩衍那》（Ramayana），含五萬行詩，分七個部分，故事背景發生於西元前1200年至西元前1000年的北印度，主角羅摩是古印度的王子，也是濕奴神的轉世，為了拯救其妻，與魔王長年征戰，最終贏得勝利。全詩由詩人瓦密奇（Valmiki）於西元前六世紀以梵語寫成，十六世紀則被詩人圖達斯（TulsiDas）改寫為印度文，因其優美的語言和動人的情節，流傳至今。圖中央為羅摩美麗的妻子悉多（Sita）。

史詩《伊利亞德》中，遭希臘軍進攻的特洛伊城。

Corbis

火箭墜落下，自然會有飛蝶唱著歌飛過 15

《楚辭》明顯保存了南方文化的特性和風格。豐富的想像、華美的文采，大量採用神話傳說，以及熱烈奔放的情感，均為其特色。屈原的〈九歌〉，即採用南方楚地祭神歌曲與流行巫歌，修改補充而成，讀之則當時表演的情況躍然在目：有樂舞、有歌詞、有佈景，更有各式各樣的登場人物。圖即為〈九歌〉中尊貴的天神──東皇太乙。

（傅抱石／繪 · 漢墨軒／提供）

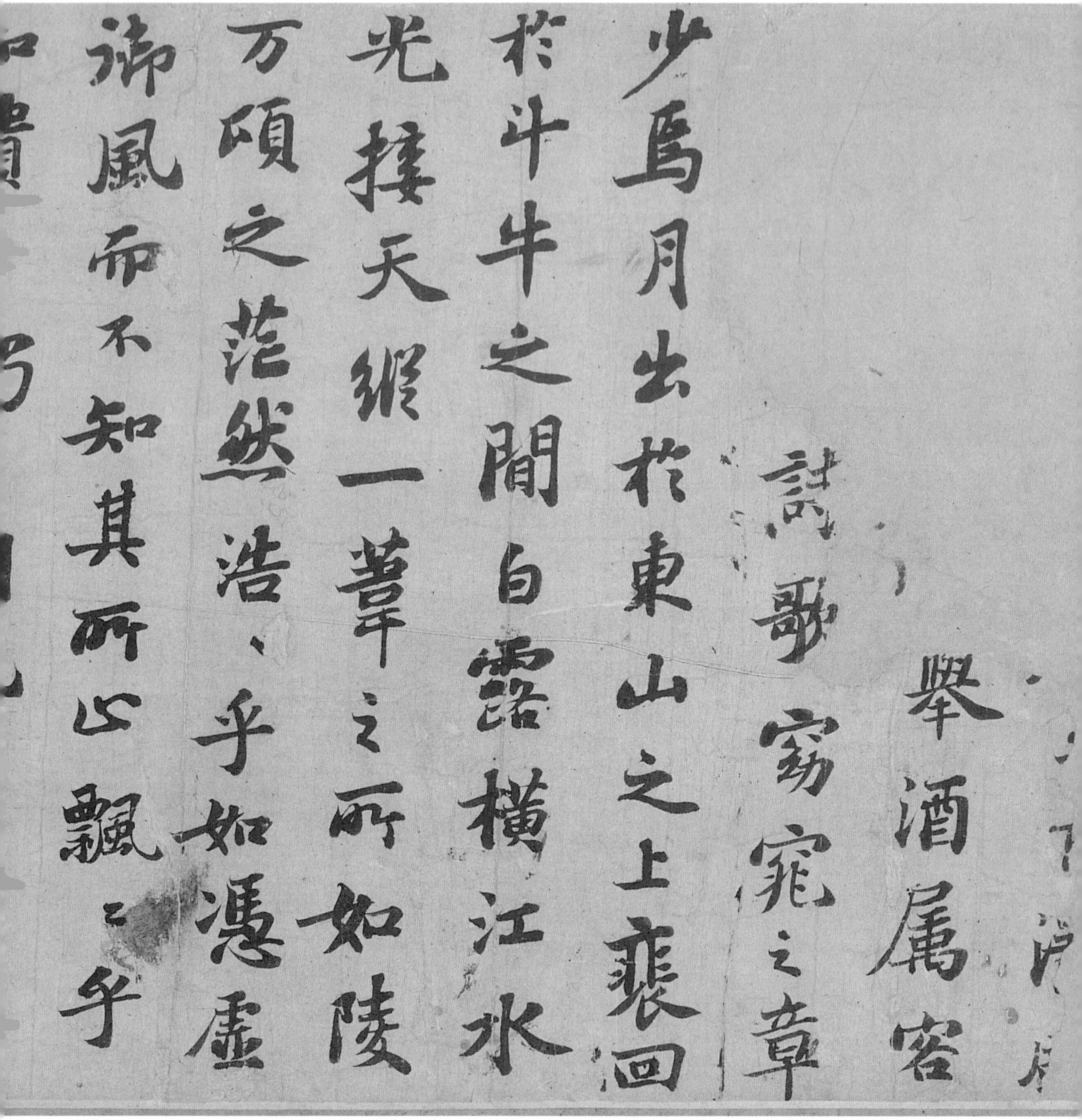

舉酒屬客

誦窈窕之章

少焉月出於東山之上徘徊

於斗牛之間白露橫江水

光接天縱一葦之所如凌

萬頃之茫然浩浩乎如馮虛

御風而不知其所止飄飄乎

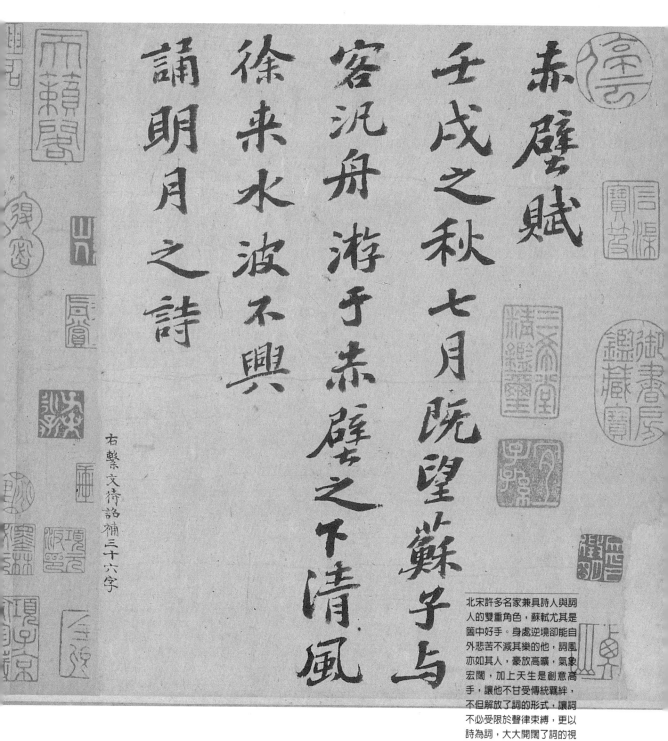

赤壁賦

壬戌之秋七月既望蘇子与

客泛舟游于赤壁之下清風

徐来水波不興

誦明月之詩

右繫文待詔補三十六字

北宋許多名家兼具詩人與詞人的雙重角色，蘇軾尤其是箇中好手。身處逆境卻能自外悲苦不減其樂的他，詞風亦如其人，豪放高曠，氣象宏闊，加上天生是創意高手，讓他不甘受傳統羈絆，不但解放了詞的形式，讓詞不必受限於聲律束縛，更以詩為詞，大大開闊了詞的視野，將詞的創作帶進一個全新的解放時代。圖為蘇軾〈赤壁賦〉真蹟。

（故宮博物院／提供）

而如此高明的告白招數顯然被祝英台學了去，成了黃梅調中著名的橋段。曖昧之情，溢於言表。

詩是革命。

1789 年法國大革命爆發，英國詩人渥茲華斯 (William Wordsworth) 用長達三十五年創作《序曲》，記錄革命對詩人心靈歷時的影響。1968年巴黎爆發學運，學生也曾將韓波 (Arthur Rimbaud) 的詩句「生活在他方」刷寫在巴黎大學的牆上。八九年天安門民運期間，王丹寫的詩〈沒有菸抽的日子〉，後來由張雨生譜成歌曲。對新一代的文藝青年來說，詩就是那沒有菸抽的日子。

詩是浪漫。

體弱多病的英國詩人濟慈 (John Keats)，儘管每天忍著病痛，都不肯放棄對一隻夜鶯的歌頌：

多少次，我在黑暗中傾聽

幾乎愛上了優雅的死神

在沉思的韻律中呼喚它柔軟的名

把安靜地呼吸也送入風中

沒有比現在死去更華麗的了

我的生命在午夜戛然而止

當你在外用靈魂唱出狂喜

～濟慈〈夜鶯頌〉

詩是邪惡。

1857年，波特萊爾 (Charles Baudelaire) 的詩集《惡之華》出版，整個巴黎都籠罩在一種「邪惡」的氣氛裡。酷愛城市的詩人，把關於一個城市的華麗、醜陋、虛偽、空洞，連同性愛的冒險，都毫不保留地攤開在世人面前，徹底改變了一般人對詩人「和善」的印象。

詩人說，要嚇嚇保守的中產階級，戳破安逸生活的假象。

十七世紀英國詩人彌爾頓生在宗教改革時代，以基督教教義為經緯，完成長篇史詩《失樂園》。彌爾頓詩中蘊藏著宗教改革與文藝復興以來的人本主義精神，崇尚人的自由意志，因此被稱為「人性基督徒」。

莎翁的劇作，都以詩作揭開
序幕，以詩作結束，而陸續
出場的大小角色都要吟詩。
不論是丹麥王子哈姆雷特的
優雅自剖，或丑角福斯塔夫
的黃色笑話，被莎翁大筆一
揮，都成了精妙的比喻與雙
關，成了令人拍案的詩。羅
密歐與茱麗葉著名的樓台會
一景，男女主角吟詩作對表
白愛意，陽台一時也成了十
六、十七世紀英國最熱門的
約會景點。

Corbis

詩是興奮劑，應該用來對付生活中的百無聊賴，治療社會集體的精神倦怠。

波特萊爾成為公認的西方第一位現代詩人。

詩是天賜的神奇力量。

閱讀二十世紀女詩人H. D.的詩，我們欣喜的發現，美麗的文字足以戰勝任何形式的武力。在詩作《三部曲》（*Trilogy*）中，她說：

記住！寶劍，
你是年輕的兄弟，較晚才來到這個世界

你的勝利，無論如何輝煌
總有一天會過去

天地初始
先有字

～摘自H. D.《三部曲》

雖然二十世紀初的歷史發展，並不怎麼讓人愉快，好詩卻像鯨群集體出沒，有振奮精神的效果。

詩是預言。

911事件發生後，網路上開始流傳詩人奧登（W. H. Auden）的詩。在1939年，希特勒入侵波蘭的前夕，詩人寫下了著名的〈September 1, 1939〉：

我坐在51街的小酒館
充滿恐懼和不安
聰明的希望破滅了
在低俗不誠實的年代
憤怒和恐懼的浪潮

身為一個窮酸的作家，波特萊爾遊蕩在巴黎的風化區，和下層階級呼吸同一種空氣。他寫詩、寫詩評、翻譯心儀的作家愛倫坡的作品，並在生活上表達一種「為藝術而藝術」的態度。

受到歐洲浪漫主義的影響，美國十九世紀相繼出現了偉大的詩人：愛倫坡（上圖）、梭羅、朗法羅、惠特曼，還有足不出戶的天才型女詩人狄金生。（下圖）

席捲了光明

和日趨黯淡的陸地

將我們私密的生活緊密糾纏

說不出的死亡的惡臭

入侵了九月的夜晚

～摘自奧登〈September 1, 1939〉

詩是流亡。

在二十世紀，面對帝國主義的擴張，與兩次大戰的先後發生，詩人雖然手無寸鐵，只有一枝筆，卻成為批判戰爭的最佳武器。1914年，一次大戰爆發，1922年，美國的詩人艾略特出版詩集《荒原》，把現代都市寫成一個精神上的荒原、文明終結的廢墟。

詩人總是「生活在他方」。一旦寫詩，詩人就注定踏上了流亡之途。來自加勒比海的詩人渥克特（Derek Walcott）說：「批評精神，是詩的必要條件。詩人對社會的專注審視和他對自我的專注審視是一樣的。因此，他必定會在自我和社會裡看到缺陷、罪惡、錯誤、背叛。他們無法歌頌社會的完美。」

現代詩的「疏離」，是抗議，也是反動。因為詩人總是不肯放棄自己心中美好社會的想像。

在二十一世紀的今天，我們需要讀詩。

年輕人需要詩。詩是夢想，是F4。

中年人需要詩。詩是一種向光的力量。一種神奇的生長劑。讓你從灌了多年的水泥覆蓋物上再生長出有機的花朵。

老年人需要詩，因為詩可以留住時間，讓你航向拜占庭永恆的聖殿。

都會的OL需要詩，就像豬頭無所不在的職場裡需要一位《庶務二課》的江角真紀子。因為詩帶給你一種鼓舞，一種貌美但暗地裡不肯妥協的意志。

計程車司機需要詩。因為從News98到民主電台，那些慷慨激昂的言辭，沒有一個可以真正幫你過好日子。你每天在Yes Yes No No之間停停走走，和詩的節拍還比較類似。

讀一首詩花的時間，比在下班時段走高速公路還少，是任何心靈接近文學、接近生活的美麗捷徑。

失戀的時候，我們需要詩。聶魯達說，「愛情太短，而遺忘太長。」只有在今夜，為離去的戀人書寫，寫下最後的詩篇，才能度過黑夜，抵達生命中全新的一天。

十九到二十世紀初，是愛爾蘭文學的盛世。小說家喬哀斯、劇作家貝克特、詩人葉慈先後誕生。葉慈用民謠入詩，把愛爾蘭文學從英國詩歌中解放，建立其獨特的光輝與價值。早慧的葉慈，文風經歷多重轉折。從少年時期唯美的情詩，到積極參與愛爾蘭文藝復興，詩風傾向辯證與政治，到晚年受到神祕主義經驗的啟發，偏向形上與象徵，都有其魅力。

十九世紀的英國浪漫主義，
以湖區詩人為始。渥茲華斯
是繼莎士比亞、彌爾頓之後
的第三位英國大詩人。漫步
於溪谷、河流之間，詩人大
半生都在湖區度過，留下了
許多歌頌自然的偉大詩篇。
詩人柯立芝、狄昆西
（Thomas de Quincey）和濟
慈均曾慕名前往，柯立芝並
因與其交好，舉家北遷，是
為文壇一大佳話。圖為湖區
風光。

Corbis

孤獨的時候，我們需要詩。狄金生 (Emily Dickinson) 說，切莫因為寂寞、孤獨而哀傷，因為「靈魂會選擇他的友伴」。當你遭遇挫折，或遁入了旁人不能理解的世界，這位長年避世的才女定會給你某些關於勇氣的啟示。

當我們面對親人死去，日常的安慰，都成了空洞的廢話，感受與表達之間出現了劇烈的落差。這個時候，我們需要詩。詩可以破解你內心的魔術方塊，幫你說出最關鍵的一句話。

紐約的摩天雙樓傾圮之後，面對歷史的仇恨，我們需要讀詩：

國家並不存在／

沒有人能單獨存在／

不論是國民還是警察／

飢餓都不由得我們選擇／

我們終歸毀滅／

除非彼此相愛。

～摘自奧登〈September 1, 1939〉

「我們終歸毀滅，除非彼此相愛。」只有把詩句毫不留情的撒在傷口上，才能幫助我們看清真相，並碰觸到歷史深沉而糾結的血脈和痛點。

或是，我們無時無刻不需要詩。因為我們愛美。象徵主義的詩人說，我們要「純詩」，像鮮奶一樣純淨可口的詩。因為美感經驗就是意義本身。任何社會需求都不及閱讀的口味與自體快感來得重要。

詩就在你我的生活裡。

如果你是復古的，那麼，你仍然可以在重慶南路、在台大公館，那些古樸的書店，堅持著純文學的出版社裡找到詩的蹤跡。從楊牧、到瘂弦、到羅智成，那些陌生、或曾經熟悉的名字，一直都在那裡守候。詩是寬容的，不會因為你年少時的遠颺，著迷於外在事物的召喚，就在你意圖回歸時對你冷淡。

如果你是科技的，那麼，你會在網路上發現詩。在多媒體的時代，詩是有聲音的、詩是會動的、詩是有手有腳的。各種有關詩的BBS、ｗｗｗ網站傾巢而出，每天都在對你拋媚眼、搖尾巴。

熊宣敬／提供

我們現在所熟知的「新詩」，是從五四白話文學運動開始的。1917年，胡適在《新青年》雜誌發表〈文學改良芻議〉，主張「不用典、不對仗、不避俗語、不仿古人、不做無病呻吟」。1918年，他又提出打破五言七言的格式、打破平仄、廢除押韻、引進外國詩人作品。這些主張都是衝著「舊詩」來的，當場得到叛逆青年們的熱情歡呼。胡適之後，大量的詩社成立，詩壇出現一片西化的景象。「文學研究會」推崇表達自我的浪漫主義、「普羅詩派」主張詩要反映勞工生活、「現代派」講求語言與意象的經營。李金髮、戴望舒分別提倡象徵主義和現代主義，從此之後，中國詩，也和學成歸國的「德先生」和「賽小姐」一樣，換了一張不一樣的臉。

文字在串聯，「泛詩軍」在串聯，從地方包圍中央，從傳統定義裡詩與非詩的領域集結，登陸在意識之島接駁的每一處海灣。

音樂、電影，與再平凡不過的生活場景，只要用心，都是詩。

從竇唯的歌詞，到華麗妖異的搖頭店。

從許舜英的廣告文案，到安哲羅普洛斯 (Theo Angelopoulos) 的電影。

從達利的畫，到幾米的畫。

從你聯想事物的方式，到廁所壁上的塗鴉。

從網路上不知名的名片檔，到你每一封刻意斷行的書信。

從上山修行、六根清淨的詩，到歌頌物質文明、一路哈日的詩。

從夕陽下廢工廠裡的詩，到最奢華的摩天大樓頂層的詩。

從腦海中還沒有成形的字句，到已經改過八百遍的詩。

從開著古稀的老爺車的詩，到E世代溜著滑板車用手機相互傳送的詩。

詩是桂林的山水，也是金邊的戰事。詩是家鄉老阿嬤包裹粽子的速度，也是Starbucks咖啡香味傳遞的濃度。詩在鄭愁予的筆下以優美的弧度脫出，也從鐵獅玉玲瓏的嘴裡大口大口吐出。

每個世紀初都有浪漫開闊的徐志摩，每個世紀末都有頹廢華麗的丁尼生 (Alfred Tennyson)。火箭墜落了，自然會有飛碟哼著歌經過。寫詩／讀詩本身就是一種僭越。對舊有的語言，對前人的想法的一種超越。

對創新的追求，對語言對生活的創新，便是詩歌不斷進化的動力。我們回頭欣賞過去，但我們花更多力氣迎接未來。蘇聯形構主義者雅克慎（Roman Jacobson）論及詩的本質時說，詩是一種不斷陌生化的效果，對貧瘠僵化的語言施加的一種暴力，對我們習以為常的意識形態施加的一種暴力。

我們拒絕定型，拒絕被過去的自己、過去的傳統綁住，我們不斷地要新鮮，於是詩歌還給我們一顆新鮮的腦袋，一個陌生的自己，一個從來不曾發生過的時代。

不要忘記，詩與革命的本質是接近的。革命在哪裡，詩人就在哪裡。革命每天都會發生，詩人每天都會誕生。每天每天，對詩而言，都會是一場小小的勝利。

就從這裡開始吧。在詩人的心靈裡，鋼鐵可以和蝴蝶相遇。

所以，讓我們儘早開始讀詩，就從這裡開始吧。　■

Corbis

中國詩與西方之交流，正式起於十九世紀末，不能不提三個人。第一個人是韋利（Arthur Waley, 1889-1966）。1916年韋利出版了第一本譯詩《中國詩一百首》，1918年再出版《中國詩170首》。論者認為：韋利譯的這部中國詩集，不但對艾略特、葉慈與龐德的影響深遠，也成為二十世紀英文詩歌史的一部分。

第二個人是龐德（Erza Pound, 1885-1972）。龐德的才情，由艾略特的〈荒原〉是經過他刪改近半又加以編定可見一般。在引介中國的文學給西方讀者方面，龐德翻譯的《神州集》（Cathay），和韋利的翻譯有同樣的地位。

第三個人是艾克敦（Harold Acton, 1904-1994），他是把中國現代詩翻譯到西方的第一人。1930年代，艾克敦來到中國，受聘於北大。歐美現代派文學在中國，由艾克敦開始而有人認真地教學。另外，從試譯卞之琳的詩開始，艾克敦還首開中國現代詩英譯的紀錄（與陳世驤合作），之後，徐志摩、邵洵美的作品等，都經由艾克敦的譯筆而傳達給西方的讀者。上圖是艾克敦。

詩與歌的不同

文／阿城

　　什麼是詩，什麼是歌，其實今文《尚書》的「堯典」裡已有答案：歌詠言，詩言志。歌是抒情的。遠古時人類直抒其情，及至先秦的貴族王侯，宗法社會血親之間，或許婉轉，情感表達還算眞率，所以用歌，詠言的，我們現在還能從一般人酒後狂歌中體會當年貴族宴飲爲什麼用歌。或許有王者要表達志向，例如統一各國之類，就要用詩了。到了周代的春秋時期，爲貴族服務的士這個階層發展很快，言志的風氣高漲。從《論語》看，孔子兩次叫弟子，也就是士來言志，志又是懷抱。歌與詩同是韻文，最初只是功用不同。中國的歌、詩從來不討論「韻」的有無，因爲韻是前提，只講究韻對不對，因爲中國語音有上古音、中古音及現代音的幾次大改變，也就是字還是那個，但音變了，不得不區分講究。所以用當今的國語念《詩經》，幾乎不搭韻，念唐詩，韻有所不搭，而用粵、閩方言讀，就搭上了，因爲粵閩方言保存的古音極多。「鳳飛飛」讀成「鬨灰灰」，「咖啡」讀成「咖灰」，都是粵閩方言無唇齒音的緣故，而我們知道，古無唇齒音。歌大體是在方言的範圍傳唱，所以不太會有韻對不對的問題。

　　汪曾祺先生曾經寫過一篇散文，說是跟一個人問路，問了之後一想，發現那個人每句話都在韻上，回頭再找那個人談，果然是出口成韻。

　　不過中國很早就對詩另有獨特的要求，才產生了歌與詩的本質區別，即詩須產生意象，以至「詩言志」的傳統雖然還在，但對什麼是詩的判定已轉爲「產生意象的抒情韻文才是詩」。這次轉變，我認爲是魏晉和南朝的玄談

結合傳入的佛學而明確的　　　　　　　　　，文短不贅。
什麼是意象？意象　　　就是韻文詞　　　句排列後，碰撞出
一個不能再用　　　　其它語言敘述出來　的東西，比一般說
的感受、情緒要高的東西，王國維稱它　　爲「境界」，但境
界有高低，我寧願以最低爲限，　　　　　只要有了，就是
詩了。比如　　　　　　　　　　　　　　「枯藤老樹昏鴉」，
三個限定詞，　　　　　　　　　　　　　並無動詞，順序讀
，其實也就是　　　　　　　　　　　　　讓它們碰撞，有一
個東西產生了，但那個　　　　　　　　　東西是說不出來的。
詩，是「欲辯已忘言」。這樣　　　　　　來分辨，原來《詩經》裡大
部分是歌，「樂府詩」是「樂府歌」：「王師北定中原日，家祭無忘告乃翁」
是言志詩，「返景入深林，復照青苔上」是意象詩。同樣，有含失意的詞
曲，「曉來誰染霜林醉，總是離人淚」，按我的說法，有意象，按王國維的說
法，境界低了；大陸搖滾歌手崔健的歌詞「快讓我在雪地撒點野」是意象
詩。中國在上個世紀五十年代末運動群眾，搞「紅旗歌謠」，結果其中大部分
是講要建設共產主義，成了歌言志。

　　難怪陳世驤曾經對張愛玲說，中國詩的成就如此之高，大可不必在意中
國的小說。「散文詩」會有誤，散文是直敘，是詠言，因此應該是「散文
歌」，但我明白「散文詩」的意思是散漫無格律的詩，若產生意象，倒不如說
成「詩散文」。日本有「俳句」，其實是意象詩。所以說到這裡，有沒有「詩」
這個字不重要了，重要的是意象。這樣，我倒要爲張愛玲回陳世驤先生一
句，中國現代小說常含有意象，正式中國詩的本質有了新的載體，在
這個不讀詩的時代，還是在意小說的好。■

Poetry Maps 一個有待補充的筆記

編輯部

編輯部

到了孔子的時代，他收集了公元前11~6世紀(大約相當於西周到春秋)，305篇詩歌，分風、雅、頌三部分編為《詩經》。風是各地歌謠；雅分大雅、小雅，是貴族的歌；頌則是宗廟祭祀的樂歌。孔子對詩的整理，影響後世既深且鉅。一方面，他不但使得這些詩得以保存、流傳，還提出「賦、比、興」，算是中國最早的詩論。另一方面，由於他的參與，使得這些詩歌成為《詩經》，由民間而進入廟堂，由抒情而成為經論。後儒一貫相承，詩三百遂成為儒家六經之一。《詩經》是中國第一部詩歌總集，也是中國韻文之祖。《詩經》裡的詩，主要是四言體。

楚辭（公元前3世紀），戰國時代後期南方楚國的詩歌，以六言七言句式為主，長短參差，靈活多變，形式上最大的特點在於虛詞的運用，雖是韻文，但已不是詩的體制。
屈原（公元前343~277），是楚辭體制的奠基人和代表作家。他著《離騷》(後來英譯名Fallen into Sorrow)，是中國第一部抒情長詩。《文心雕龍》評其「才高者菀其鴻裁，中巧者獵其艷詞，吟諷者銜其山川，童蒙者拾其香草。」讓讀者各取所需。屈原在《離騷》中以美人比興，以及悲秋的寫法，都開風氣之先。
漢成帝時劉向整理古籍，把屈原、宋玉等人的作品編輯成書，定名為《楚辭》。從此，《楚辭》就成為一部詩歌總集的名稱。

在中國，詩很忙就發生了。庶民的農忙與情事，貴族生活的田獵飲宴，宗廟裡的祀神祭祖，都有詩歌。中國早期詩歌以抒情，尤其以愛情的詩歌為主 (以希臘為代表的西方，則以崇拜神與英雄的史詩為主)。

中國詩大事紀

公元前26世紀 黃帝史官倉頡造字。

	商	西周		春秋
4000BC. 3000BC. 2000BC.	1200BC.	1000BC.	800BC.	600BC.

以歐洲為主的其他地區詩大事紀

公元前2500~1500 兩河流域出現史詩《吉加美斯》(Gilgamesh)，講一個巴比倫國王的故事。對兩河流域的人來說，《吉加美斯》比《漢摩拉比法典》還為重要。今天還存有一些書寫在泥板上的《吉加美斯》的故事。

在傳說中，印度的《吠陀經》(Veda)是從上萬年以前，由喜瑪拉雅山脈附近流傳下來的。吠陀指的是修行人在河邊、林間靜心打坐時候聽到的神祇與大自然的生命之歌。公元前1000~1500年間，阿利安人進入印度河流域的期間，吠陀文獻出現，共有梨俱吠陀、沙摩吠陀、耶柔吠陀、阿闥婆吠陀四種，主要為讚歌和詩。

公元前8世紀左右 希臘文字尚未發生，荷馬(Homer)將口耳相傳的歷史戰事，與古希臘神話，創作成口傳的史詩《伊利亞德》(Iliad)、《奧德賽》(Odyssey)，使先民的歷史與記憶以詩歌的方式延續。

公元前600年左右 印度的《奧義書》(Upanishads)成書，形式為詩偈。Upanishad的意思是「sit-in」，指聽講討論。

公元前5~4世紀 希伯來先知集體創作了《舊約聖經》。其中〈詩篇〉(Psalms)的篇章被廣為傳唱，奠定了禱詞、讚美歌，甚至日後宗教詩的基礎。

公元前7~5世紀 古希臘盛行「合唱詩」，女詩人莎孚(Sappho, 610 B.C.~580 B.C. circa)因獨創莎孚體詩歌，成為人類歷史上第一個留名的女詩人。與荷馬並稱，又稱第十詩神。作品中只有一首〈Hymn to Aphrodite〉留傳下來。
品達(522 B.C.~436 B.C. circa)和西孟尼達(Simonide, 556 B.C.~468 B.C. circa)是當時另兩位偉大的希臘詩人，他們都以對奧林匹克英雄的頌歌為人所熟知。

漢樂府，「樂府」本是漢武帝時所設立的一個音樂機構的名稱，它的職責是制樂演唱以及採集民歌，在加以整理後，於朝廷典體和宴會時演唱。後來樂府所採集、整理和演唱的民歌統稱為「樂府詩」或「樂府歌辭」，簡稱「樂府」。其形式孕育了五言詩體的發展。

戰國時期，荀子的〈賦篇〉最早稱賦，賦篇安排客主，問答成章，開後來賦家的風氣。
漢朝辭賦體創作興盛。辭賦屬半詩半文的混合體。由楚辭到漢賦是詩的成分減少，散文的成分加多，但仍須押韻。班固說：「賦也者古詩之流也。」可見從文學發展的歷史來看，賦導源於古詩，但漢賦大多由楚辭演變，且受荀子〈賦篇〉影響而來。由於楚辭、漢賦的體裁有不同，故前人稱前者為「騷賦」，後者為「辭賦」。漢潮辭賦的代表人物有賈誼（前200~168）、枚乘（前？~141）、司馬相如（前？~118）、王褒、揚雄（前53~18）。

東漢末年 以「三曹」、「七子」為代表的建安詩人襲漢樂府，以五言詩的新體裁抒情、言志、敘事，開創了文學創作的新局面。曹植因善用對句與典故，注重辭藻，因而開啟後來齊梁詩歌注重形式之美，綺麗雕琢的風氣。
當時重要的詩人還有蔡琰。她所著的《悲憤詩》寫當時戰爭場景的殘酷，詩的用字不避醜拙，自蔡琰始。

南朝梁武帝與昭明太子時，形成齊梁詩風。因為佛教的外來語文化，學習梵唱誦詠，開始注重發音，也因而回頭注意到本土語言的聲母、韻母（當時稱「反切」），因而開始發展聲韻理論。沈約著《四聲譜》，提倡詩的新韻律，是個劃時代的里程碑。
於是接下來的元嘉體，不但對偶精工，而且諧聲合律。謝朓是個代表，他擅寫山水詩，一方面「去古未遠」，一方面開啟繼來之唐詩，是過渡期間的代表人物之一。還有個代表人物是鮑照。他把樂府舊題和五、七古體合而為一，對李白等後人的影響很大。

周代流行之四言詩體，平實呆板，本不適用於敘事；五言詩則活多得。降及東漢，由於五言詩體成熟，敘事詩始有較好發展。東漢班固詠史，不但象徵五言詩之成立，亦且意味以五言體敘事之嘗試成功。
後來文人作詩不一定為譜入音樂，遂與樂府別為二途。

魏晉南北朝是五言詩興盛的時期，也是七言詩確立的時期。而七言詩之形成主要來自《楚辭》和民間歌謠的影響。

陶淵明（365~427）是將田園生活描寫在詩裡的第一人，作詩只求明白誠懇，遂成了千古「隱逸詩人之宗」。

北朝樂府最有名的是長篇敘事詩《木蘭詩》，它與漢《孔雀東南飛》並稱為中國詩歌史上的「雙璧」。

304 五胡亂華開始，中國進入漫長的黑暗期。

八王之亂的時候，也出現太康詩風（280~289）。太康詩人有陸機、張華、左思等人。

正始詩人，其中著名的有阮籍、嵇康、劉伶。

謝靈運（385~433）有「元嘉之雄」之稱。山水詩的重要人物。

劉勰撰《文心雕龍》。

鍾嶸撰寫《詩品》。

梁的昭明太子蕭統，編選了《古詩十九首》。

戰國		秦	西漢	新莽	東漢	三國 西晉	東晉	南北朝	隋
400BC.		200BC.		1		200	400		600

公元前335 亞里斯多德著《詩學》（Poetics），是人類現存最古老的文學評論著作之一。

公元前438 希羅多德至雅典講他的《歷史》。

公元前334 亞歷山大東征，開展一個新的帝國。

公元前1世紀 羅馬的文學大盛。維吉爾(Virgil, 70 B.C.～19 B.C.)，賀拉斯(Horace, 65 B.C.～8 B.C.)，奧維德(Ovid, 43 B.C.～17 A.D.)等人的出現，使羅馬人消失了沒有詩的遺憾。維吉爾是羅馬最偉大的詩人，代表作是《阿尼特》(Aeneid)，講建立羅馬的那些傳奇人物的故事，以及羅馬是在這個世界上廣播文化的使命。奧維德擅長詮釋神話，以《變形記》(Metamorphoses)著稱。賀拉斯的代表作有《頌歌》(Odes)，還寫過一本書《詩藝》，說明他對詩的觀點。

313 基督教成為羅馬的官方信仰。

395 羅馬帝國分為東、西羅馬帝國。

475 西羅馬帝國滅亡，黑暗時期開始到來。

522~523 羅馬哲學家波伊夏斯（Boethius）寫作《哲學的慰藉》（The Consolation of Philosophy）開始了中世紀拉丁詩歌的傳統。

歐洲各地社會秩序混亂，羅馬大主教逐漸替代羅馬皇帝，成為安定力量，被尊稱為「教皇」。

拉丁字母系統形成。

大約公元前6世紀時，印度瓦密奇（Valmiki）著印度另一史詩《羅摩衍那》(Ramayana)，「羅摩王行狀記」的意思。《羅摩衍那》含五萬行，是第一部用梵文寫的詩，因此又稱第一首詩，瓦密奇又稱第一詩人。他原來是個路匪，改邪歸正之後，在印度有聖人之稱。

印度史詩《摩訶婆羅達》(Mahabharata)的故事，從公元前11世紀左右就在印度流傳，後來到公元前350年左右，整理為18篇，二十萬行，全世界卷帙最浩大的史詩，篇幅是《伊利亞德》加《奧德賽》的八倍。《摩訶婆羅達》的意思是「婆羅達族的大史詩」。其中的〈薄伽梵歌〉(Bhagavad)（意指「世尊歌」，Song of the God)，影響尤其深遠。

盛唐：玄宗開元元年（713）～代宗永泰元年（765），代表性人物有孟浩然、王之渙、王昌齡、王維、崔顥、李白、杜甫、岑參、高適。

晚唐：文宗開成元年（836）～哀帝天祐四年（907），晚唐時期是唐詩從盛轉入衰微的時代。這個階段的傑出人物有杜牧、李商隱、溫庭筠等人。李商隱好為四六文，時號「二十六體」，長於政治諷刺及情詩，情詩尤其著名。辭藻華麗，寄託深微，學者名之「西崑體」。

618～907 唐代一統之後，興利除弊，社會日益安定，帝王故有餘力提倡詩歌禮遇詩人。詩也成了進士科考試科目之一。另一方面，在詩歌本身的發展下，五言古詩成立於東漢，盛行於魏、晉、南北朝，入唐已漸趨衰落。然七言古詩及律詩、絕句，經六朝長時期之醞釀，至唐代始完全成熟。於是唐代詩家大量製作此三種新詩體，造成唐詩興盛之氣象。唐朝總過往的理論與探索，將詩的創作推到最高峰。唐朝三百年間所累積的《全唐詩》，有九百卷，兩千兩百餘人，四萬八千九百多首，比過去一千年間所累積的總數還要多好幾倍。唐代是中國詩歌發展史中的黃金時代，可分初唐、中唐、盛唐、晚唐四個時期。

中唐：代宗大曆元年（766）～文宗太和九年（835），詩歌數量最多，流派也最多。代表性人物有韋應物、柳宗元、張籍、元稹、孟郊、賈島、盧仝。

李賀（790～816）以虛幻的意象，奇崛冷艷的風格，別樹一幟，也為晚唐詩詞開闢了蹊徑。

581～618 隋詩是從南北朝詩向唐詩過渡的最初階段。隋詩兼具六朝南北風味，靡麗雕琢之風，漸趨腐陳，隋文帝統一南北朝後，下詔變革齊梁浮艷文風，可是效果並不大。煬帝提倡宮體詩風，許多醉心南朝宮體詩的文人，便大量寫作起輕倩側浮艷的詩歌來。

薛道衡539～609

768 肅宗至德二年，杜甫作〈喜聞官軍已臨賊境二十韻〉。

737 玄宗開元二十四年 李白作〈將進酒〉。

唐朝也是佛教在中國大盛的時期。王維的時代，正是六祖慧能（638-713）禪家思想廣泛流傳的時候。王維是道光禪師的俗家弟子，深受禪家思想影響，詩中經常可見禪意，有時甚至直接在詩中說佛理。

806 憲宗元和元年，白居易作〈長恨歌〉。

韓愈（768～824）獨特的藝術風格和「以文為詩」的表現形式，對後世詩歌的發展影響也相當大。

初唐：高祖武德元年（618）～玄宗先天元年（712），詩歌風格上主要沿襲魏晉時期梁、陳宮體詩的形式。初唐四傑：王勃、駱賓王、盧照鄰、楊炯。另有上官儀，為從事詩句對偶方法分類之第一人。

陳子昂（661～702）是初唐開始提倡復古文風的重要人物，對唐代文學脫離齊、梁奢麗文風，具有相當的影響力。

白居易（772～846）倡導「新樂府運動」，主張「文章合為時而著，歌詩合為事而作」，以淺近平易的語言寫下不少反映民生疾苦、揭露政治弊端的詩歌。

南北朝	隋		唐	
	600	700		800

622 穆罕默德逃到麥加避難，回教紀元開始。

9世紀 造紙術由中國傳入大馬士革，其後，11世紀傳到埃及，再傳到西班牙，正式進入歐洲。

700～750 用古英文創作的英雄史詩《貝奧武夫》（Beowulf），開啟了英國文學的先河。

日本派遣唐使19次，發明日文片假名，平假名。

日本大伴家持(？～785)編《萬葉集》，搜集7~8世紀前半，130年間的歌都在其中。

詞的出現約在中唐，唐末五代詞家漸多，中唐詩人雖已倚聲填詞，但其作品究以詩為主，詞僅為偶然寄情遣興之作，至晚唐、五代，經花間詞人之努力，詞始由附庸蔚為大國。五代後蜀趙崇祚編選的《花間集》，是最早的詞的集子。原來是文人在酒筵之間按樂調填寫，給歌伎演唱的歌詞，因而被視為「淫靡之作」，不登大雅之堂，但也因為可以有幽微要眇的言外之意，逐漸發展為「詞之雅鄭，在神不在貌」。花間詞的代表，有溫庭筠、韋莊等人。另外，還有馮延巳，與溫、韋兩人鼎足而立。

宋代是繼唐代之後出現的又一個詩歌高潮。詞的發展經宋代無數詞人於此傾注深情，創作出大量反映時代精神風貌，而且具有不同於傳統詩歌藝術魅力的瑰寶，可謂宋朝代表文學，與唐詩如峰並峙，各有千秋。詞又名詩餘，係由詩演化而來。詞，即唱詞，是專為唱而作。詞的句法長短、四聲的限制都要配合詞譜，所以詞在格律上的限制比近體詩嚴格。詞牌創出後要完全依格而填，所以叫「填詞」。又因格律是由曲譜而來，又叫「倚聲」。
北宋詞人先有晏殊、歐陽修、柳永等人。再有蘇軾、黃庭堅、晏幾道、秦觀、周邦彥等人。

唐詩代表一種高度成熟的典範，宋詩也代表了另一種新的型態，尤其因理學興盛的時代背景，而使宋詩有一種自己的風格。北宋前期流行西崑體，後來又有梅堯臣、歐陽修等反對西崑體的華麗與晦澀，主張提出改革。北宋以詩著名的人還有蘇舜欽、王安石。

黃庭堅（1045~1105）提出一些詩歌創作的主張，得到陳師道（1053~1101）等人的響應，開創了江西詩派。此派的主張可分為兩條：一是「無一字無來處」，強調多讀書，從學問中求得詩之高妙。二是「點鐵成金」和「奪胎換骨」。所謂「點鐵成金」就是把古人的陳言加以點化，使得它變成新鮮的詞語，是較重於語言方面而論的。所謂「奪胎」和「換骨」都是剽取前人的詩意，而換一個角度和方法去表現它。

南唐二主李璟（916~961）、李煜（937~978）都填詞。但是李後主尤其有特殊的地位。他不但把詞的意境推進到另一個階段，讓人見識到之前詞之所未有，也為接下來宋朝詞的創作展開了無限的想像空間。

陸游（1125~1209）初學江西詩派，後自創一體，繼承陶淵明、李白、杜甫、岑參、白居易等大師的傳統，植根於自己的生活實踐，創造了獨有的風格，可說是集大成的詩人。

宋人郭茂倩所編《樂府詩集》輯錄上自古謠辭，下至唐五代的新樂府詩，共共一百卷，是搜集樂府詩最完備的書之一。

王沂孫（?~1291）是宋元之際的詞人，以詠物詞著稱。

南宋四大家：尤袤、陸游、楊萬里、范成大。

1074 蘇東坡作〈水調歌頭〉。

1069 王安石變法，6年後下台。

1066 司馬光主編《資治通鑑》，歷時18年成。

1205 辛棄疾作〈永遇樂〉。

南宋詞人：李清照、辛棄疾、陸游、吳文英（夢窗詞）等人。其中辛棄疾（1140~1207）繼承了蘇東坡創造新詞的使命而予以完成，在中國文學史上，是一個和蘇東坡並稱的詞人。

五代   北宋   南宋

900   1000   1100   1200

阿拉伯故事《一千零一夜》的年代。

905 日本又搜《萬葉集》未載的和歌，成《古今和歌集》。

10~11世紀 斯堪地那維亞民族的神話詩歌《女先知之歌》（The Song of Seeress）。

978~1031 日本《源氏物語》。

1095 為了解救被土耳其人佔領的耶路撒冷，十字軍東征開始。

11、12世紀這段時間，歐洲各地也各自出現了自己的詩歌，最早都以史詩形式出現；12世紀，德國《尼伯龍之歌》（Nibelungen Lied）——德國的《伊利亞德》；敘事詩《羅蘭之歌》（Song of Roland）開啟法國文學先河；西班牙英雄熙德的故事，也成為西班牙的史詩《熙德之歌》（The Cid）；冰島有《古冰島神話史歌》。

13世紀 曼陀鈴音樂風行：吟遊詩人、宮廷詩人大行其道。

10~11世紀 是波斯詩歌的輝煌期：有盲眼詩人，又稱詩人之王的Rudagi；寫《帝王之書》（The Shahnamah）的Firdawsi；寫《玫瑰園》（Gulistan）、《果園》（Bustan）的Sadi；寫《魯拜集》（Rub'aiyat）的Omar Khayy'am。

11世紀開始，阿拉伯詩歌也進入高峰。有人寫高層社會，有人寫中下階級生活。
哈里里（Hariri, 1054~1122）寫了《馬開麥》（Maqamat），被譽為「可蘭經之外最重要的阿拉伯語資庫」。

南宋後期，當時詞人過於重視字句的工巧和對音律方面的講究，詞逐漸脫離了現實社會，日趨衰落。而當時金、元的統治者興起於北方，先後入主中原，使外族的曲調和樂器大量傳入中國。就這樣，原來的「里巷之歌」——北方地區的民間小調，和外來的「胡夷之曲」——少數民族的樂曲，便為人們所採用，並且和一部分沒有喪失聲樂地位的宋詞以及唐宋以來的大曲、鼓子詞、傳踏、諸宮調、賺詞等會合起來，加以改革成元代的散曲。由它興起於北方、流行於北方，所以元代散曲又稱為北曲。它既可以像詩詞一樣用來抒情寫景，又是以表演故事為主的元雜劇的主要構成部分。元代的散曲和雜劇，合稱為「元曲」，在中國文學史上，取得了和唐詩、宋詞並稱的崇高地位。

元代散曲作家前期有關漢卿、白樸、馬致遠，後期有張養浩、貫雲石、喬吉、張可久。前期質樸，後期典麗。

元四大家：虞集、楊載、范梈、揭傒斯。

金國詩人元好問（1190~1257）

金元詩因循舊規，模仿前代，上承宋末餘風。

明代詩壇派別紛雜，詩歌的整體態勢是在擬古與反擬古的反覆中前行。前期與兩宋相類，其作風都以摹擬前代，標榜古人為尚，前後七子可為代表。
後期復古摹擬之弊日深，遂有公安、竟陵兩派崛起，獨樹異幟，反對復古。

散曲發展至明代梁辰魚、沈璟等手中，作風格調與詞合流，事實上已名存實亡。

元　　　　　　　　　　　　明

1300　　　　　　　　**1400**　　　　　　　　**1500**

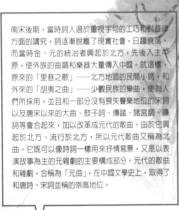

義大利詩人佩脫拉克（Francis Petrarch, 1304~1374），與但丁、薄伽丘同為14世紀三大作家。

1300 義大利詩人但丁創作《神曲》（The Divine Comedy）。但丁在羅馬詩人維羅吉爾的導遊下，在地獄遇到被悔恨糾纏的靈魂。

1387~1389 英國詩人喬叟創作《坎特伯里故事集》（Canterbury Tales）。喬叟被譽為莎士比亞之前英國最傑出的詩人。

進了15世紀之後，比羊皮紙便宜許多的紙張，大量供應，廣泛使用。為印刷術出現做好準備工作。另外，1429之前，書寫字體在佛羅倫斯臻於完備，成為羅馬體的基礎，也為日後手抄本及印刷字體定下基礎。接下來，1455年，古騰堡發展出活字印刷術，接著宗教改革以及文藝復興接踵而來，各民族使用自己語言之文學創作，沛然莫能禦之。

1453 君士坦丁堡陷於土耳其人之手，東羅馬帝國亡。

1475 米開朗基羅誕生。

15世紀中葉的法國詩人François Villion(1431?~1463?)，終身受殺人與盜竊罪名所苦，他的代表作有《The Ballad of Dead Ladies》。

義大利Lodovico Aristo(1474~)著《奧蘭多的狂想》（Orlando Furisco）。

英國懷特（Sir Thomas Wyatt1503~1542），第一個用英文寫十四行詩的人。

波蘭Ray（1515~1569）波蘭詩歌之父。

1517 宗教改革開始。

1558 英國伊莉莎白女王登基。

英國梭雷伯爵霍華（Henry Howard, Earl of Surrey, 1517~1549）

十四行詩是義大利文藝復興時期（14~16世紀）新興的一種文學形式，短短的十四行，多表達詩人陷於苦戀的憂鬱與熱情。
十四行詩，經過懷特的引介，傳入英國，連治國嚴謹的伊莉莎白女王都哈起詩來，當時女王最熱衷的休閒活動，除了痛宰西班牙的無敵艦隊，就是把演員們請入宮中，表演詩劇。此種外來的詩歌形式，還在英國本土激發了一場小小的「現代詩」革命。在眾詩迷的推動下，英國接受了「橫的移植」，逐漸鄙棄以往的押韻傳統，改用日常語言的抑揚頓挫形成自然的韻律。這就是日後風靡了英國300年的無韻體的由來。無韻體大量出現在莎士比亞的戲劇中，連彌爾頓著名的長詩《失樂園》，也是通篇用無韻體寫成的。

元、明兩朝為詞的衰落期，清代則為復興期。清代詞在創作方面雖不出前人範圍，但在詞學之研討，詞集之整理上，則成就極著。清代詞壇，呈陽羨派與浙西派對峙局面，陽羨派以陳維崧為領袖，奉蘇、辛為宗主，任才使氣，偏於豪放。浙西派以朱彝尊為領袖，主格律，重清空，事琢鍊；奉南宋姜夔、張炎為圭臬。陽羨、浙西二派俱衰歇後，張惠言所領導的常州詞派興起，此派重比興寄託，反虛詞濫調。三大派之外，慢有不隨流派的二位重要作家，清初的納蘭性德（1655~1685）和晚清的蔣春霖（1851~1861）。

1616～1911清 明清兩代詩壇的爭論集中在宗唐和宗宋這個主要問題上。清初至清中葉主流是宗唐一派，主力有顧炎武、朱彝尊、王士禎、王夫之、毛奇齡。宗宋則有黃宗羲、呂留良、吳之振等。

袁枚（1716~1797）、鄭燮（1693~1765）。

清

1600　　　　　　　　　　　**1700**

英國瓊（John Donne, 1572~1631）開啟了英國形上詩（metaphysical poetry）的傳統。

1591 席德尼爵士（Sir Philip Sidney, 1554~1586）作《星星與愛星人》（Astrophil and Stella）。

英國赫伯（George Herbert, 1593~1633）

1596 史賓塞（Edmund Spenser, 1552~1599）作《仙后》（The Faerie Queene）。

瑞典George Stjernhjelm（1598~1672）

16～17世紀 形上學派詩人（Metaphysics Poets），以詭譎奇巧之比喻表達對宗教信仰的虔誠。

1609 英國莎士比亞（William Shakespeare, 1564~1616）的十四行詩（sonnets）未經詩人同意而被出版。

17世紀時 清教徒視詩為魔鬼，英國Richard Lovelace，被清教徒殺。

1623 莎士比亞全部劇作出版，學者稱之《第一對開本》（First Folio）。

1667 英國彌爾頓（John Milton, 1608~1674）《失樂園》（Paradise Lost）問世。彌爾頓生在宗教改革時代，以基督教教義為經緯，完成這個長篇史詩。他詩中蘊藏著宗教改革與文藝復興以來的人本主義精神，崇尚人的自由意志，因此被稱為「人性基督徒」。

1688 英國光榮革命。同年，英王查理二世任命卓爾頓（John Dryden, 1631~1700）為「桂冠詩人」，開啟了英國桂冠詩人的傳統。詩人成為皇室成員，為皇室賦詩並公開朗誦，迄今已有19位詩人獲此殊榮。

德國Gottsched（1700-1766）──批判詩法。

1712 英國詩人波普（Alexander Pope, 1688~1744）創作《奪髮記》（Rape of the Lock）。

英國Thomas Chatterton(1752-1770)，一個極有詩才，極度貧窮，又很自傲的詩人，17歲時因貧窮而服毒自殺。

有蘇格蘭的莎士比亞之稱的Robert Burns(1759-1824)，終身遠離都會的藝文圈，在民謠與農事中尋找寫詩的靈感，著有膾炙人口的敘事詩《Tam O' Shanter》。

丹麥Johannes Evald(1743～81)的〈King Christian Stood by the Lofty Mast〉──丹麥國歌。

瑞典Olof von Dalin（1708-1763）《Freedom of Sweden》。

義大利Alfieri──義大利最重要的悲劇詩人。

德國海涅（Heinrich Heine, 1797~1856）

英國詩人布雷克（William Blake, 1757~1827）出版《天真之歌》（Songs of Innocence）。

從久遠年代以來，《格蘭斯》(Granth)就是錫克人的聖經，包含了6000首以上的頌詩，但是到17世紀第五任靈師（Guru）的時候，才真正編集成書。到18世紀第十任（也是最後一任）靈師時，明定此後以《格蘭斯》為師。

日本著名的俳句家，江戶時代有松永貞德，提倡俳諧的娛樂性和教養性，號稱「貞門」，算是傾向於古典的一派。另一方面又有西山宗因，主張俳諧的滑稽性，強調創作上的自由奔放，稱為「談林」派。井原西鶴（1642~1693）就是談林派的代表之一。到松尾芭蕉（1644~1694）他把松永貞德的古典和西山宗因的自由奔放熔鑄於一爐，並加以發展，達到前所未有的水平，因而有「俳聖」之美譽。

1789年法國大革命爆發，更加刺激了詩人追求自由變化的心靈，在歐洲誕生了浪漫主義。浪漫主義並不是無病呻吟，也不是某種情緒的狂飆，而是19世紀初的文藝青年身體力行的「青年守則」。在法國大革命自由民主精神的影響下，詩人藉由想像力、藉由行動，為人民代言，也為自己心中的理想代言。
為了讓詩的語言跟上時代，浪漫詩人再度展開一場詩的「白話文運動」，鄙棄過時的詞彙，轉用「老嫗能解」的口語詩句，為語言重新注入真誠的情緒。此後詩歌的主角不再是裝腔作勢的王公貴人、面黃肌瘦的修士僧侶、或用「臥虎藏龍」的輕功來去的天使和魔鬼，而是勞苦的農民漁夫，平民百姓。

進入20世紀 中國詩經歷了一次從所未有的大地震。科舉制度的廢除，使詩從政治體制退出，西式教育取代了中國傳統教育，造成了古典詩歌的沒落。

1917年，胡適（1891~1962）在《新青年》雜誌發表〈文學改良芻議〉，主張「不用典、不對仗、不避俗語、不仿古人、不做無病呻吟」。1918年，他又提出打破五言七言的格式、打破平仄、廢除押韻、引進外國詩人作品。胡適之後，大量的詩社成立，詩壇出現一片西化的景象。「文學研究會」推崇表達自我的浪漫主義、「普羅詩派」主張詩要反映勞工生活、「現代派」講求語言與意象的經營。李金髮、戴望舒分別提倡象徵主義和現代主義，從此之後，中國詩換了一張不一樣的臉。

1898 裘廷梁發表〈論白話為維新之本〉，為啟蒙民眾，振興實業，主張廢文言而使用白話。

1896 譚嗣同（1865~1898）、夏曾佑（1863~1924）等提倡詩界革命，採取傳統詩語上所謂「新學」之語彙。

1889 河南殷墟發現甲骨文，使商朝歷史研究有了可信的史料。

1862 清廷在北京設立同文館，翻譯出版西方著作。

黃遵憲（1848~1905）揚言「我手寫我口」，並有了舊體新派詩的實驗。

1840 鴉片戰爭

清

1800

1804 拿破崙登基。

1832 歌德在晚年完成著名的詩劇《浮士德》。

雨果（Victor Hugo, 1802~1885），在法國人眼裡是「詩王之王」。據說他每天早上要寫一百行詩。

波蘭詩人Adam Mickiewicz(1788~1855)，波蘭的杜甫、但丁、莎士比亞。他的名作Mr. Thaddoeus 堪稱波蘭的國民史詩。

18、19世紀 北歐出現很多重要的詩人。如瑞典的Olof von Dalin，挪威的Henrik Wergeland，芬蘭的Johan Ludvig Runeberg，其中，丹麥的Oehlenschlager（1799~1850）有斯堪地那維亞詩王的美稱。

1812 英國詩人拜倫（George Gordon, Lord Byron, 1788~1824）出版《哈洛先生見聞錄》（Childe Harold's Pilgrimage），一時洛陽紙貴。

1815 拿破崙大敗於滑鐵盧。

1816 英國詩人雪萊（Percy Bysshe Shelley, 1792~1822）出版《阿萊斯特；孤寂的精靈》（Alastor; or, The Spirit of Solitude）。

1817 拜倫出版《曼伏瑞》（Manfred）；濟慈（John Keats, 1795~1821）出版第一本《詩集》（Poems）。

1830 英國詩人丁尼生（Alfred Tennyson, 1809~1892）出版《抒情詩集》（Poems, Chiefly Lyrical）。

1837 英國維多利亞女王繼位。維多利亞時期（Victorian Poets）──頹廢／唯美主義上承浪漫主義。

英國費滋羅爾（Edward Fitzgerald），譯《魯拜集》

1876 法國馬拉美（Stephane Mallarme, 1842~1898）寫作《牧神的午後》（The Afternoon of a Faun），並啟發了德布西的音樂與涅金斯基的芭蕾。

19世紀中 舒曼將拜倫、海涅詩寫成歌，貝多芬將席勒的《歡樂頌》引進第九號交響曲。

19世紀開始 俄國詩人紛紛出現。首先是普希金（Aleksandr Pushkin, 1799~1837），歌頌革命氣氛，代表作有《自由歌》，39歲時與法國人決鬥被殺。其後有李門托夫（Lermontov, 1814~1841）；主張＜真的詩就是現實＞的Bylinsk；以及主張「藝術的美絕不是超乎人生的美」的Tchernyshevsky。

19世紀的英國浪漫主義，以湖區詩人為始。渥茲華斯（William Wordsworth），是繼莎士比亞、彌爾頓之後的第三位英國大詩人。漫步於溪谷、河流之間，詩人大半生都在湖區度過，留下了許多歌頌自然的偉大詩篇。詩人柯立芝（Samuel Taylor Coleridge）、狄昆西（Thomas de Quincey）和濟慈均曾慕名前往。他們合稱湖區詩人。

受到歐洲浪漫主義的影響，美國19世紀相繼出現了偉大的詩人：愛倫坡（Edgar Allan Poe, 1809~1849）、梭羅（Thoreau）、朗法羅（Henry Wadsworth Longfellow）、惠曼（Walt Whitman, 1819~1892），還有足不出戶的天才型女詩人狄金生（Emily Dickinson, 1830~1886）。

1857 波特萊爾（Charles Baudelaire, 1821~1867）《惡之華》（Fleur Du Mal）出版，預告了脫離浪漫主義的法國象徵詩的來臨，也開啟了現代詩的大門。《惡之華》是跨時代的鉅作。拒絕了浪漫主義情緒化的叫囂，波特萊爾秉持一種抽離冷淡的態度，藉由對外在意象的描寫，捕捉內在精神的象徵。此種詩觀被後繼者大方的學了去。象徵主義的詩人馬拉美、韓波、意象派的詩人龐德、H.D.，都曾受到他的啟發，在日後的文壇上互別苗頭、各領風騷。

中國詩與西方之交流，正式起源於十九世紀末，有很重要的三個人。第一個人是韋利（Arthur Waley, 1889-1966）。1916年韋利出版了第一本譯詩《中國詩一百首》，1918年再出版《中國詩170首》，對艾略特、葉慈與龐德的影響深遠，也成為二十世紀英文詩歌史的一部分。

第二個人是龐德（Erza Pound, 1885-1972）。龐德的資料，請見本表下方。

第三個人是艾克敦（Harold Acton, 1904-1994），他是把中國現代詩翻譯到西方的第一人。1930年代，艾克敦來到中國，受聘於北大。歐美現代派文學在中國，由艾克敦開始而有人認真地教學。另外，從試譯卞之琳的詩開始，艾克敦還開中國現代詩英譯的紀錄（與陳世驤合作），之後，徐志摩、邵洵美的作品等，都經由艾克敦的譯筆而傳達給西方的讀者。

台灣的現代詩，則建立在兩個傳統上：中國大陸的新詩和日本現代詩。1920年，受到中國五四運動的感染，有「台灣的胡適」之稱的年輕詩人張我軍，在《臺灣民報》發表了〈致台灣青年的一封信〉，向台灣的舊文學開戰，引發了舊詩和新詩的筆戰。新詩逐漸成為華語文壇的主流。連吳濁流、賴和等小說家，也曾經是當時知名的詩人。除了胡適對張我軍的影響，日文是臺灣現代詩另一條發展主軸。最早發表在台灣的現代詩是謝春木在1924年發表的〈詩的模仿〉，比張我軍的作品還要出現。不論是中國的新詩，還是日本現代詩，在源頭上，都間接繼承了西方的浪漫主義、象徵主義等當代詩觀。

40年代辛笛、陳敬容（1917~1989）等之九葉詩派。

1937 七七事變爆發，詩的創作甚盛，抗戰初期，大量詩誌發行於各地。

1932「中國詩歌會」於上海成立，發起人為穆木天、蒲風、楊騷、任鈞、柳倩等。

陳獨秀（1879~1942）的「文學革命論」高舉「推倒」兩字，「推倒雕琢的阿諛的貴族文學，建立平易的抒情的國民文學」。

1921 郭沫若（1892~1978）的《女神》詩集，帶著突進的「五四」時代精神，以不同於其他白話詩的鮮明藝術性，為新詩奠定了浪漫主義的基礎。也是新詩真正取代舊詩的標誌。

1953年 紀弦在台灣創辦現代詩季刊，引進法國的象徵主義與流行於上海的現代主義，並於1956年組成現代派，同時發表現代派六大宣言，其中最重要者為主張「新詩乃是橫的移植，而非縱的繼承」，目前社員組成中除元老社員外，其他多為中生代的活躍詩人。

1954年 為回應現代派「橫的移植」主張，藍星詩社成立，可說是對紀弦「現代派」的反動，主張現代詩不只是「橫的移植」，還應含括「縱的繼承」。創始社員有覃子豪、余光中、夏菁、鍾鼎文等人。

1954年 創世紀詩社成立，為另一個回應現代派所成立的詩社。早期社員多為軍旅詩人，論述與創作方面則偏重超現實主義與象徵主義，在技巧與論述的引介與探索上有著重要的影響。創始社員有張默、洛夫、瘂弦。

1964年 經過50年代三大詩社的刺激與洗禮，笠詩社成立，為第一個以台灣省籍詩人為骨幹的詩社，主張詩的現實性與生活性，在方言詩語法的實驗上有重要的成就，另外，在日韓歐美詩的譯介與早期台灣文學史的史料收集方面亦有可觀的貢獻。創始社員有吳瀛濤、林亨泰、陳千武等十餘人。

徐志摩（1897~1931）為首的新月派。

1908 王國維（1877~1927）發表詩論《人間詞話》。

1900 敦煌遺書被發現。

1919 五四運動以後，全國各地出現白話文之定期刊物，白話文普及實施，近代精神之啟蒙於焉開始。

1950年代末期，在大躍進的年代，大陸在政治氣氛上推動新民歌運動。這個時期的作品，後來由郭沫若、周揚合編了一本《紅旗歌謠》。

1970年代末，大陸北島、顧城、舒婷等人發起文革後第一波現代詩的創作高峰，有「朦朧詩」之稱，也引起很大的爭論。

1976 大陸出現天安門詩抄

1900

2000

比利時詩人Emile Verhaeren（1855-1916）主張對近代機械的發明，應該一如古代對英雄的歌頌。

美國佛洛斯特（Robert Frost, 1874~1963）

美國葛楚‧史坦（Gertrude Stein, 1874~1946）

奧地利里爾克（Rainer Maria Rilke, 1875~1926）

美國史蒂芬斯（Wallace Stevens, 1879~1955）

美國杜立德（一般簡稱H. D., 即Hilda Doolittle, 1886~1961）

美國康明斯（E.E. Cummings, 1894~1962）

阿根廷波赫士（Jorge Luis Borges, 1899~1986）

英國奧登（W.H. Auden, 1907~1973）

1909 義大利詩人馬里內蒂（F. T. Marinetti, 1876~1944）發表〈未來主義宣言〉（Futurism Manifesto）。

1913 泰戈爾（Rabindranath Tagore, 1861~1941）得諾貝爾文學獎。

1914 第一次世界大戰爆發。

1922 艾略特（T. S. Eliot, 1888~1965）發表現代主義鉅作《荒原》（The Waste Land）。同年，喬伊斯（James Joyce）發表《尤里西斯》（Ulyses）。

1923 愛爾蘭詩人葉慈（W. B. Yeats, 1865~1939）榮獲諾貝爾文學獎：里爾克作《杜英諾悲歌》（Duino Elegies）。

1924 西班牙詩人布列東（Andre Breton, 1896~1966）發表〈超現實主義宣言〉（Surrealism Manifesto）。

聖露西亞沃爾科特（Derek Walcott, 1930~）

英國修斯（Ted Hughes, 1930~）

愛爾蘭黑尼（Seamus Heaney, 1939~）

墨西哥帕斯（Octavio Paz, 1914~1998）

塞內加爾桑戈爾（Leopold Sedar Senghor, 1906~）

奈及利亞索因卡（Wole Soyinka, 1934~）

1936 西班牙內戰爆發，智利詩人聶魯達（Pablo Neruda, 1904~1973）四處奔走，為共和黨人募集金錢與支持，並寫作《西班牙在我心》（Spain in My Heart, 1937）。該書成為西班牙共和黨人重要的精神食糧。詩人以文字不可測度的力量，向敵方的武力還擊。

1945 第二次世界大戰結束，奧登出版《詩集》（Collected Poetry）。

契隆（Paul Celan, 1920~1970）經歷過集中營的煉獄，仍然寫動人的詩篇。

1946 英國湯瑪斯（Dylan Thomas 1914~1953）出版《死亡與入口》（Deaths and Entrances）。

1964 英國拉爾金（Philip Larkin, 1922~1985）出版《聖靈降臨節婚禮》（The Whitsun Weddings）。

1965 俄羅斯詩人阿赫馬托娃（Anna Akhmatova, 1888~1966）出版詩全集。

1972 愛爾蘭詩人黑尼出版詩集《北方》（North）。

1996 波蘭詩人辛波絲卡（Wislawa Szymborska, 1923~）得諾貝爾文學獎。

1886 法國詩人莫雷亞斯（Jean Moreas, 1856~1910）發表〈象徵主義宣言〉（Symbolist Manifesto），然而歷史上著名的詩人馬拉美、魏爾蘭（Paul Verlaine, 1844~1896）、韓波（Arthur Rimbaud 1854~1891）、梵樂希（Paul Valery, 1871~1945）代表的法國象徵時期已經接近尾聲。

19~20世紀初是愛爾蘭文學的盛世。小說家喬伊斯、劇作家貝克特、詩人葉慈（William Yeats）先後誕生。葉慈用民謠入詩，把愛爾蘭文學從英國詩歌中解放，建立其獨特的光輝與價值。早期的葉慈，文風經歷多重轉折。從少年時期唯美的情詩，到積極參與愛爾蘭文藝復興，詩風傾向辯證與政治，到晚年受到神秘主義經驗的啟發，偏向形上與象徵，都有其魅力。

美國龐德（Ezra Pound, 1885~1972）創立意象派。不論就個人詩作的才情，行事風格，以及就中國文學對西方的引介，都是二十世紀文學史上有不可抹滅的紀錄。龐德個人著作有七十本書，1,500多篇文章，最代表的詩作是the Cantos。另外，他還幫許許多多其他人貢獻過心力。譬如，艾略特的《荒原》是經龐德刪改過半又加以編定後，才成為今天我們看到的版本：喬伊斯的《尤利西斯》在出版單行本前，先經龐德在詩刊上連載過；甚至連海明威也說，龐德「教我寫什麼，也教我不寫什麼。」在引介中國的文學給西方讀者方面，龐德翻譯的《神州集》（Cathay），和韋利的翻譯有同樣的地位。

老闆，給我兩本黑格爾和一杯黑咖啡！

依你的心情推薦你一首詩

文／李康莉　　圖／萬歲少女

我們會在各種時刻遇見詩。歡樂的時候，需要詩；悲傷的時候，需要詩；遭遇到生命中無言以對的時刻，更需要詩。藉由美麗的詩句，我們的人生也將獲得了解與安慰。以下的測驗，將依照你現在的心情，推薦一首適合你的詩！

1. 你最喜歡金庸筆下哪一位女主角？
   □ a.黃蓉
   □ b.香香公主
   □ c.小龍女
   □ d.周芷若
   (　　) a+4 b+3 c+2 d+1

2. 你最喜歡聽誰的音樂？
   □ a.Enya
   □ b.伍佰
   □ c.辛曉琪
   □ d.羅大佑
   (　　) a+3 b+4 c+1 d+2

3. 你通常吃什麼當早餐？
   □ a.新鮮的草莓和來自深山的礦泉水
   □ b.豐盛營養的漢堡蛋三明治
   □ c.一碗稀飯配小菜
   □ d.兩本黑格爾和一杯黑咖啡
   (　　) a+3 b+4 c+2 d+1

4. 下列的電影中你最喜歡哪一部？
   □ a.《情書》
   □ b.《神鬼戰士》
   □ c.《花樣年華》
   □ d.《在黑暗中漫舞》
   (　　) a+3 b+4 c+2 d+1

5. 你覺得下面哪一首背景音樂，
   最能襯托你現在的心情？
   □ a. 莫札特的《第八號鋼琴協奏曲》
   □ b. 貝多芬的《英雄交響曲》
   □ c. 柴可夫斯基的《悲愴交響曲》
   □ d. 蕭邦的《離別曲》
   (　　) a+3 b+4 c+1 d+2

6. 如果可以選擇，你希望活在歷史上的哪一個時代？
   □ a.回到英國維多利亞時期當貴婦，撐把 小洋傘，
      喝喝下午茶、蹓蹓貴賓狗
   □ b.古希臘時代，學柏拉圖包塊布在地中海岸
      走來走去，能言善辯、又會擲標槍、打拳擊，
      允文允武

☐ c.中國的宋朝，和蘇東坡對酒當歌、憂國憂民、
　　共遊赤壁
☐ d.古印度，在菩提樹下聽釋迦牟尼宏揚佛法、
　　普渡眾生

（　　）　a+3 b+4 c+2 d+1

7. 你希望自己現在在哪裡？
☐ a.在充滿鮮花和陽光的小島上度假
☐ b.夕陽西下時，在遙遠、遙遠的山的那邊
☐ c.這個問題不重要，因為我的心靈自由奔放，
　　早就超越了我的實體存在
☐ d.一頭栽進全世界最深的海溝

（　　）　a+3 b+2 c+4 d+1

8. 哪一部電影中的主角是你心目中的英雄？
☐ a.《莎翁情史》裡的莎士比亞
☐ b.《永不妥協》裡的茱莉亞·蘿蔔絲
☐ c.《終極追殺令》裡的殺手尚·雷諾
☐ d.《鐵達尼號》裡的李奧那多·卡布其諾

（　　）　a+3 b+4 c+1 d+2

9. 你認為你的心理年齡與實際年齡的差距有多大？
☐ a.和實際年齡差不多
☐ b.我每天都保持著赤子之心，比外表看起來起碼
　　年輕5歲
☐ c.因心智過於早熟而略顯少年老成
☐ d.我年紀輕輕就歷盡滄桑，現在除了每天和阿嬤
　　打太極拳，就是吃齋念佛，冀望早日脫離苦海

（　　）　a+3 b+4 c+2 d+1

10. 你最喜歡哪一型的女明星？
☐ a.奧黛麗赫本
☐ b.王菲
☐ c.飯島愛
☐ d.阮玲玉

（　　）　a+3 b+2 c+4 d+1

11. 失戀的時候，你會閱讀下列哪一類讀物
　　尋求慰藉？
☐ a.笑話大全
☐ b.蔡康永的《再錯也要談戀愛》
☐ c.佛經
☐ d.失戀的時候，我不讀書，我喝酒

（　　）　a+3 b+4 c+2 d+1

12. 下列哪一種物品最讓你聯想到詩？
☐ a.乳牙
☐ b.飛碟
☐ c.白雪
☐ d.烏鴉

（　　）　a+3 b+4 c+2 d+1

13. 下列的哪一個詞語會讓你聯想到詩？
☐ a.綻放
☐ b.鏗鏘
☐ c.隕落
☐ d.天涯

（　　）　a+3 b+4 c+1 d+2

14. 你家的狗兒生寶寶了，
　　你會幫新誕生的狗仔取什麼名字？
☐ a.Lucky　旺仔
☐ b.Lord Byron　拜倫爵士
☐ c.Romeo　羅密歐
☐ d.Annabel Lee　安那柏·李

（　　）　a+3 b+4 c+2 d+1

15. 什麼時候你會忍不住嘆氣？
☐ a.好不容易颱風走了，雨停了，
　　覺得生命太美好，忍不住就嘆了一口氣
☐ b.看到世界各地有關戰爭的報導，
　　因為人類之間的不理解、
　　國家間的仇恨而搖頭嘆氣
☐ c.發現眼角多了一條皺紋，於是輕輕地
　　嘆一口氣
☐ d.出門前必先卜卦，只要諸事不宜，當
　　場哀聲嘆氣

（　　）　a+3 b+4 c+2 d+1

16. 你比較喜歡下列哪一部小說？
☐ a.J. K. Rowling的《哈利波特》
☐ b.曹雪芹的《紅樓夢》
☐ c.荷馬的史詩《奧德賽》
☐ d.邱妙津的《蒙馬特遺書》

（　　）　a+3 b+2 c+4 d+1

請將以上每題的得分相加，並參考以下的總分指數

52~64

樂觀的你，不管面對何種打擊，遭遇何種挫折，都不輕言退縮。你絕地逢生的本領，常讓鐵口直斷的算命大師招牌掃地、關門大吉。希望是你生命的原動力。它不只讓你在上班遲到之前擠上最後一班公車，讓你跑完馬拉松最後一哩，也讓你在颱風來臨前搶到最後一塊沙包，並在生命脆弱之際獲得平靜和勇氣。「人最大的敵人就是自己」，艾蜜莉·狄金生（Emily Dickinson）的〈希望長著羽毛〉，讓你不用SKII也永保年輕。

希望長著羽毛

希望長著羽毛
棲在靈魂裡，
唱著無詞的樂曲，
從來不停息，

風越大聲越甜；
尋常的風暴
休想嚇倒這隻
溫暖眾生的小鳥。

我曾聽牠在最寒帶，
最遙遠的海外；
卻從不因為潦倒，
向我乞討絲毫。

Hope is the Thing with Feathers

Hope is the thing with feathers
That perches in the soul,
And sings the tune without the words,
And never stops at all,

And sweetest in the gale is heard;
And sore must be the storm
That could abash the little bird
That kept so many warm.

I've heard it in the chillest land,
And on the strangest sea;
Yet, never, in extremity,
It asked a crumb of me.

40~51

天真的你，保有一顆開朗的心。你常覺得走路有風、連路邊的小狗都像在為你歌唱。夏天的傍晚，你會因為一道彩虹而雀躍，冬天來了，你也會因為一碗熱湯感覺幸福。不景氣的時候，你可以勒緊褲袋，在家織布，當運氣來臨，你一掃陰霾，增資創業、唱歌跳舞。對你而言，連辦公室裡的豬頭都是天使，因為魔鬼，只存在自己的內心深處。你的魔力來自你的童心，連身旁的麻瓜們都忍不住被你吸引。推薦你渥茲華斯（William Wordsworth）的〈我心雀躍〉。

我心雀躍

我心雀躍，因為看到
彩虹於天際：
此情我幼時就有；
此情到如今依舊；
此情願長存到老，
不然毋寧死！
小孩是成人的雛形；
願我的日子能夠——
銜接著對天地的虔敬。

My Heart Leaps Up When I Behold

My heart leaps up when I behold
A rainbow in the sky:
So was it when my life began;
So is it now I am a man;
So be it when I shall grow old,
Or let me die!
The Child is father of the Man;
I could wish my days to be
Bound each to each by natural piety.

28～39

憂鬱的你，總是透過一滴淚水看世界。你感情豐富而心思細密，往往可以看穿表相，體會事物深處幽微的變化。時光的消逝、自然界的花開花落，都會觸動你較為敏感的神經。對你而言，人生不是一場攀岩大賽，而是乘坐不斷向下墜落的電梯。父親頭上新增的白髮，不斷掉落的枯葉、魚缸裡越來越少的魚都會讓你產生微微地傷感，這個時候，或許佛洛斯特（Robert Frost）的〈黃金事物難久留〉可以說出你的心情。

黃金事物難久留	Nothing Gold Can Stay
自然的初綠是為金，	Nature's first green is gold,
她這種色彩最難存。	Her hardest hue to hold.
她的新葉像朵花；	Her early leaf's a flower;
但也只能保剎那。	But only so an hour.
之後葉復褪為葉。	Then leaf subsides to leaf.
同理伊甸淪悲切，	So Eden sank to grief,
同理清晨沉為晝。	So dawn goes down to day.
黃金事物難久留。	Nothing gold can stay.

16～27

你是個無可救藥的悲觀主義者。進了電影院還沒坐好，你總是預先猜到結局。天空還沒下雨，你就先戴好泳帽和蛙鏡。你覺得自己是像哈姆雷特的悲劇英雄，永遠搞不清金凱瑞和周星馳幽默在哪裡。面臨低潮時，你最大的嗜好，不是唉聲嘆氣，就是窩在棉被裡「但願長睡不願醒」。現在只有楊澤的〈人生不值得活的〉最符合你的心情。除了能提供你同儕式的安慰，轉個彎，其實你會發現，這首詩最後說的是，人生，還是值得活的。

人生不值得活的（節錄）

人生不值得活的。　　　　　　千敗劍客
在岸上奔跑的象群　　　　　　土撥鼠般，我將
大海及遠天相偕老去前：　　　努力去生活
暗舔傷口的幼獸哪　　　　　　雖然，早於你的夢幻
只為了維護　　　　　　　　　我的虛無；早於
你最早和最終的感傷主義　　　你的洞穴，我的光明--
我願意持柄為鋒　　　　　　　雖然，人生並不值得活的。
作一名不懈的

＊以上英詩譯文部分摘自《好詩大家讀》，彭鏡禧、夏燕生譯著，書林。

真正的發現之旅不只在於找到新世界
而是以新視野去看原世界

您了解所成長的這塊土地嗎？其實，您所了解的遠少於您知道的；

您所運用的遠少於您所見的。勇敢出走吧！

去發掘台灣之美，同時開拓您的視野，

與台灣一起邁向新的希望！

長久以來，永豐餘一直亦步亦趨，貼著

世界發展的脈絡，從造紙到生物科技，積極朝向國際化邁進；

因為我們堅信，沒有本土化的國際化，將令我們缺氧失根；而沒有國際

化的本土化，則令我們視野狹隘。

永豐餘以專業、前瞻、創新與服務的態度，持續在造紙印刷、金融服務

、資訊產業、生物科技、學前教育及文化傳播等方面拓展領域與視野。

未來我們仍會繼續為美麗的福爾摩沙貢獻一己之力，讓我們共同為創造

台灣競爭力而努力！

永豐餘　發掘台灣之美，共創未來台灣新希望
http://www.yfy.com

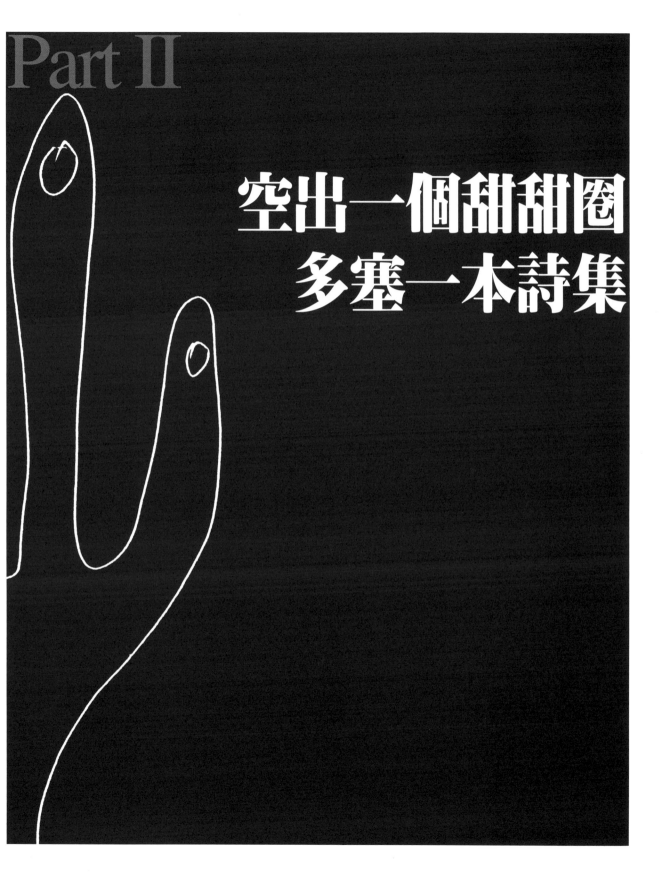

Part II

空出一個甜甜圈
多塞一本詩集

詩是□□

有關詩的案情、線索與證詞

資料提供：狐狸　　整理：凱倫兔

到底詩是何許人也，
何方姓氏？
只見其於文學史上
芳蹤處處，
形貌卻變換無常。
針對這號神秘人物，
我們來到街頭直擊的現場，
且看古今中外
被詩肆虐過的詩人
搖頭晃腦、
驚甫未定的提供各種
有關詩的線索。
既然每位詩人
所目擊的詩都長得
不太一樣，
就讓我們看看
這些詩味盎然、
禪機處處的精選證言
是否能讓你勾劃出
詩的長相？

線索 1：詩是偷窺狂

詩一直在窺伺：人在體內穿了些什麼。
～嚴力

線索 2：詩和詩人的勞資糾紛

詩是夢／它使我們在睡眠中繼續勞動。
～嚴力

詩是動詞——語言自身的運動，詩人操作與控制的過程。不是等待靈感，而是控制語言。
～于堅

線索 3：詩會和嘆氣聲一起出現

詩是止滯的慾望所具體實現的愛戀。
～荷涅・查爾

詩，是生命的一種劫難。
～高克多

詩者，無可奈何之物也。
～李流芳

或許詩人應當首先把自己從痛苦中拯救出來，然後再來申訴我們的痛苦。
～虹影

**線索 4：詩是患有破壞狂的
　　　　清道夫**

詩的過程是清除隱喻垃圾的過程。回到語言的無隱喻本性，而不是它的修辭行為。對隱喻拒絕、破壞得越徹底，詩就越顯出詩自身。　～于堅

線索 5：靈魂是詩的武器

如果你是詩，你能感動我嗎？我的腦子已經磨起了繭子，一般的摩擦已對我無濟於事。你能給我一點起碼的「刺激」嗎？用榔頭「敲打敲打」？但，那也得是你，詩的榔頭。你既然來了，即使不允許我看到你的真面目，也應該讓我覺得你的到來是像夢魘附體一般的真實，哪怕壓得我喘不過氣來。掙扎著吼叫一聲也好。我畢竟領略到了你那靈魂的力量。
～昌耀

**線索 6：詩的彈孔對準柏拉圖
　　　　的後腦勺**

（詩）乃是一種靈感的數學，給予人一列等式：這些等式不是為抽象的形體、三角形、平面等而設，乃是為人類的情感而設。
～龐德

真正的詩（是）——熱情奔放的字眼所產生的一種不負責任的字眼。
～桑他耶那

對於我，詩不是目的，而是一種激情。
～愛倫坡

干擾：一些讓腦袋打結的證詞

我們與他人爭執，產生了雄辯；與自己爭執，則產生了詩。　～葉慈

強迫思考「詩是什麼？」這個問題，會發現詩是任何什麼（形狀、性質、作用、可能性），或任何什麼也不是。　～王家新

詩是一些人活下去的理由。人們駐足之處，正是詩人離開的地方。人們消滅時間，而詩人創造時間。～翟永明

詩是對不可知世界和不可企及之物的永恆渴望；詩是對已有詞語的改寫和已發現事物的再發現。　～翟永明

一個勉強的界說：詩永遠是人類最想說，又從沒說過，又非說不可，又只能這樣說的話。　～綠原

詩人的職責，不是把重要的化為簡單，而是把簡單的化為重要。～海塞

詩人創造了一個世界，為了在其中消失。當我們以忘卻的方式記住，詩記在那裡生長。　～王家新

柯賜海鬧場，案情被迫中斷

詩又逃走了

黑暗中投一塊石頭，你聽到那不存在的玻璃碎裂，或許這是與詩的動勢最相近的事。　～虹影

線索 7：詩是被死亡帶走的

如果一定要爭辯，詩是被死亡帶走的，如同與嗓音、相貌、怪癖、活力和肉體本身相混雜的某種氣息，或是被時間留存在「不朽語言」中的某種修辭的奇妙，我們更願意贊同前者。後者不過是對前者的回憶和敬禮，當然也是拿腔拿調的寬恕。　～開愚

線索 8：詩的頭上頂著光環～
從5燭光到500燭光

詩就是理想之樹上，閃耀的雨滴。
～顧城

詩人是「盜火者」。他承擔著人道，也承擔著獸性；他要感覺、觸摸、傾聽他的想像力；如果是定型的，他要給予定型；如果是未定型的，他要給予未定型。找尋一種語言。　～韓波

如果一定要給詩歌下一定義，我只能稱它為盲者的明鏡——如果他真的恍然從其中看到了什麼，那首先只能是一種徹骨的戰慄……　～王家新

詩人超越功利，睥睨權勢以肯定人性的尊嚴，崇尚自由和民主；他關懷群眾但不為群眾口號所指引，認識私我情感之可貴而不為自己的愛憎帶向濫情；他的秉持乃是一獨立威嚴之心靈，其渥如赭，其寒如冰，那是深藏雪原下一團熊熊的烈火，不斷以知識的權力，想像的光芒試探著疲憊的現實結構，向一切恐怖淒淒的伎倆挑戰。　～楊牧

詩者，天地之心，君德之祖，百福之宗，萬物之戶也。～《詩緯含神霧》

詩／人和其他生物的愛恨情仇

詩如龍然：首尾爪鱗鬣一不具，非龍也。
～洪昇

詩是一隻小鳥，時時可能從分析的網中逃出。
～馬克‧吐溫

詩可寫可不寫，它到人間來，不由詩人決定，由它自己決定。詩人不過是守株待兔的人，經過長久的等待，他才發現，自己就是那隻兔。
～顧城

每個詩人，都是和隻豬一般用自己的本質來織就自己的空中樓閣的。
～濟慈

詩如果是蒼蠅／人類就是垃圾堆／詩如果是垃圾堆／人類就是蒼蠅
～嚴力

蜜蜂說：「好了，讓我開始釀蜜吧。」
大禹說：「好了，讓我開始治水吧。」
羅丹說：「好了，讓我開始工作吧。」
詩人說：「好了，讓我開始想像吧。」
～鍾鳴

好了，讓我來在未乾的水泥地上留個貓爪吧，喵！
～某隻路過的小花貓

某被害人的碎碎念

詩與女人都是難以預期的事物，蹤跡不定，神秘莫測，夢寐之，祈禱之，引頸以探之，不來就是不來。根據我個人的經驗，等一首詩正如等一個女人，有時繞室徘徊，竟夕難安，有時望著窗外，怔忡神往，喝一口茶，抽一支煙，好像有那麼一點影子，但尚未抓牢，她又跑了，於是再喝一口茶，再抽一支煙，終至身心交瘁，乾脆熄燈就寢。可是，數日後，當你完全把她拋開，不去想她，她卻又搔首弄姿地突然在你面前出現。久而久之，我終於悟出一個道理：捕獲詩就像捕獲女人一樣，最有效的武器就是遺忘。
～洛夫

結局：
找到散落的「詩」塊，拼出一首詩

很多人都以為一首詩的誕生就像是嬰兒的臨盆般，是頭腳齊全地來臨的，殊不知它們經常是靠一隻鼻子找到一張臉，憑一根腳趾找到一條腿的。當然，就更少人願意相信，你可以同時憑著五根無名指找到五隻不同的手掌，然後再一一使之軀幹四肢齊全。
～白靈

有關詩的50本書

本期《詩戀Pi》推薦給讀者的50本詩集，是由羅智成、楊渡、楊照、廖咸浩、蔡淑玲等人士和「網路與書」編輯部各自提出他們心目中的書單，再由編輯部匯整而成。專題重點在於廣泛介紹古今中外類型相異的詩作，讓讀者可以在不同情境的閱讀與賞析中，對詩產生初步的了解，加入「戀詩人」的陣營。
您心目中的夢幻詩集又是那些？歡迎您來我們的網站http://www.netandbooks.com發表意見。
文／狐狸、Leftmoon、陳祐禎、陳俊賢、李康莉

耳邊低語的詩

好聽的詩，像是貝殼喃喃的低語，在起伏的節拍間，透露了一整個海洋的祕密。
又像是吹了一整晚秋天的風，在夢醒時分，沿著窗緣吐露了許多心事。

《詩經選》 周錫䪽／選注（遠流）

《詩經》是中國最古老的詩歌選集，寫作時間距今已有兩千年。這樣一冊詩集被稱之為「經」，可能讓許多人望之卻步，害怕其中滿是今人看不懂的道德訓誨和政治教訓。事實上，《詩經》中雖然確有道德訓誨和政治教訓，但都可以當成歷史故事讀。同時，全集中比例最高的只怕還是風光旖旎、愁腸百轉的愛情詩，古人把幽微曼妙的心事編譜成反覆迴旋的小調，日日夜夜歌唱著郎情妹意、歡樂與憂傷。此外，這本選集也作了相當清楚而簡明的解說，一點都不必害怕讀不懂古人們口音濃重的方言。

《新譯楚辭讀本》 傅錫壬／譯注（三民）

如果要了解粽子與龍舟之外的屈原，了解他到底經歷了多麼遙遠的流放、懷抱著多麼深重的憂思，當然要讀《楚辭》。如果要知道中國文學的抒情傳統如何奠定，感受中國知識分子的不遇情懷與惓惓孤忠，還是必須讀《楚辭》。
《楚辭》的形式和後來習見的中國古典詩很不一樣，主要由古典辭賦繼承轉化，至於運用意象、喻託情志的方式，則成為中國古典文學作品共同的源頭。《離騷》固然有香草美人的君臣隱喻，由楚地巫歌改寫的《九歌》，寫神人之間的等待與怨思，篇篇都是纏綿宛轉的情詩典範。

《李煜、李清照詞注》 陳錦榮／編注（遠流）

李煜為南唐後主，而李清照則生長於南宋前期，就時間點言似並無關聯，但兩人風格確有相似之處。李煜於開寶八年亡國，時年不過三十多歲，而李清照於五十歲膝下無兒的狀況下喪夫，兩人詞中都顯露哀愁的預感。
一邊是「林花謝了春紅，太匆匆，無奈朝來寒雨，晚來風」的淒涼慨嘆，另一邊則是「簾卷西風，人比黃花瘦」的形銷骨毀，我們可以看見在不同的時空，相同苦悶心靈的遙遙呼應。本集囊括兩位詞人早期的瑰麗、晚期的蒼涼，可算是珠玉盡收，不失為一本了解這兩位詞人作品的入門讀物。

《徐志摩詩選》 楊牧／編校（洪範）

如今的徐志摩因為連續劇的緣故重新紅透半邊天，然而這本詩選卻是十數年前就已編選出版；所肯定的不是「徐志摩」這個人的傳奇軼聞，而是這個詩人帶給現代詩的瑰奇與真摯。
在徐志摩短短十年的創作生涯中，光是「詩」就有兩百多首，本集所選相當於其總數量的一半。無論就語法、意象、節奏，他的詩都可以說是現代漢語詩歌最早的成熟之作，有濃麗豐腴的情感，有清among飛揚的意興，也有典故的融會、形式的實驗。同時，編者楊牧又以豐富的學養為其詩作校訂與註解，抹去七八十年的語言隔閡，使這本詩集成為接觸詩人徐志摩最實用的入門書。

《辛波絲卡詩選》
辛波絲卡 / 著　陳黎、張芬齡 / 譯（桂冠）

如果有人說詩是小眾的，辛波絲卡的詩是最好的反證。這位1996年諾貝爾文學獎得主，是當今最受歡迎的波蘭女詩人，在1976年出版的詩集《巨大的數目》，第一刷一萬本在一週內即售光。詩人的魅力，更是飄洋過海，征服了世界各地的讀者。辛波絲卡的詩絕少賣弄抽象晦澀的意識概念，她擅用平易的語言、敏銳的觀察呈現對人生超然的同情與嘲諷，充滿了率真的童趣。也難怪她的詩集讓大導演奇士勞斯基與畫家幾米一見鍾情。

《鄭愁予詩集》鄭愁予（洪範）

鄭愁予的詩在低迷不景氣的「詩市場」中，屬於罕見的票房保證，幾乎沒有人能拒絕這樣一個含情凝睇、目眇眇兮愁予的詩人。如果說余光中是詩壇的重金屬搖滾歌手，鄭愁予就是個唱著情歌的浪人，讀者可能沒辦法隨時隨地聽搖滾樂，但是可以不分日夜地輕輕和著窗外走過的情歌。

為什麼會有這樣的鄭愁予現象？為什麼青年男女總不由自主地想跟著詩人的馬蹄聲出發，前往一個陌生的港灣？因為每個人心中懷藏的感情，都需要一個隱隱約約、若晦若明的去處。鄭愁予的詩清澈溫婉，正孕育著這些遙遠的夢。

《周夢蝶·世紀詩選》周夢蝶（爾雅）

周夢蝶是現代苦寒詩人，無論其人其詩都清瘦滄桑。他的詩集目前幾已從市面上銷聲匿跡，讀者如想領略枯寂清冷的美感，還真得感謝這本詩選。選集中選錄的都是周夢蝶足可傳世的經典之作，古典而賦有新意的意象，以宗教的角度觀照的俗世，以及淒涼憂傷卻從容不迫的情感，初看是和諧的，細看是矛盾的，再看卻又還是和諧的。有時候，我們會讀到一些華麗的詞句，然而這樣的繁華奠基於對苦痛和寂滅的了解，是乾枯極致中的腴華。

「我以記憶敲響／推我到這兒來的那命運底銅環」，記憶與命運的鏗鏘敲打，成為周詩的基調：我們若聽見清脆美麗的聲音，其實是一陣陣難堪而沒有勝算的搏鬥。

《席慕蓉·世紀詩選》席慕蓉（爾雅）

台灣的論者對席慕蓉的詩有兩極的評價，有論者如簡政珍以社會寫實考量大加撻伐為「包著糖衣的毒藥」，也有論者如隱地持平而論，認為席詩自有其優美之處，眾聲喧嘩。

席詩風格大體上如同其針筆畫，風情細緻而工整，但並不繁複，敘寫離別與愛情尤為擅長，很為青年朋友喜愛，而諸如〈無怨的青春〉等詩句，更是傳唱各處。也有少數例外，如〈蒙文課〉或〈借句〉那樣帶點蒼涼慨嘆意味的詩作，雖不是席詩主流，但也不可不謂是詩藝的精采表現，本書提供了想一窺席詩的浪漫派讀者另一個蹊徑。

《戴望舒卷》瘂弦 / 編（洪範）

戴望舒與李金髮都是熟習三〇年代文學不可錯過的人，而他們的作品也是中國新詩史上重要的史料。1932年，戴望舒出版《望舒草》，將現代派的詩帶入高潮，亦曾在1936年創辦《新詩》雜誌。戴對現代詩發展的重要貢獻還包括譯介了許多波特萊爾的詩。

在戴望舒早期的詩作中，可發現在新詩剛發展時如徐志摩口吻般的情詩語句，和浪漫主義風格強烈的自白陳述，在現在看來藝術手法較為舊式，但這位詩的先行者還是給了後輩不少啓發。本書中還收錄其手稿、書札、朋友書信，讓人一覽這位開拓者風采。

《多情應笑我》蔣勳（爾雅）

蔣勳的《多情應笑我》是一本耽於美、深於情的詩集。光從詩集的設計就已經使人感受到一種陷入苦劫輪迴、卻又陶陶於水深火熱的情感。正是因為情意太深太多，蔣勳屢云超越、稱說救贖，畢竟難以割捨俗世的繁華。

詩集中的每首詩都是美與情的連結。無論任何地點、時刻、事件，蔣勳看到的是美，無論聖潔的美或淪落的美，都讓他歡喜讚嘆。對於聖潔的美，他執於追求，而對淪落的美，他又一心承擔。嚮往與背負、求告與解脫，蔣勳幾乎是把「美」當成自己的宗教，把自己當成美的使徒，要為信眾祈福，向所有的不信者宣說美的「義」。

《余光中詩選》余光中（洪範）

《余光中詩選》的選詩範圍，涵蓋1949至1981年間，十二冊詩集、五百三十多首詩作。余光中在這些詩裡，由讀大學的青年，成了教青年的大學教授；由中國大陸到台灣，由台灣到美國，由美國又到了台灣和香港。

余光中認為，一位作家的才氣，在於他對生命和文字的敏感，只要持續保持這樣的敏感，就毋庸擔心題材與技巧有時而窮。於是，我們可以在余光中的詩選中感受到時間與空間的變遷：他走過的路、越過的橋，住過的小巷、泛過的河川，沉醉過的鄉愁、敲打過的時代，一點一滴吟唱成詩，而且是抑揚頓挫、可飛揚可低迴的韻律。余光中在意象的運用上，比同時期的其他詩人更為明朗，同時，他又比同時期的詩人更善於捕捉節奏感，利用文字的形與音，轉化情感的起伏迭宕，使它們成為具體可觸、可觀的形式。

《楊牧詩集Ⅰ》楊牧（洪範）

楊牧寫詩至今，總共已經出版詩集十餘種，我們面對這樣多產而質精的詩人，不得不感謝他為自己的詩作編輯序次、完整呈現的習慣。這本《楊牧詩集Ⅰ》蒐羅1956至1974年間五冊結集出版的詩作，在這段期間，楊牧從花蓮到台北、到台中，以至於赴美讀書、教書，是一個少年詩人最為意氣風發的二十年。

因此，我們可以看到詩人如何對困居花蓮鄉間感到不滿，亟欲跳出熟悉的世界，嚮往遠方的浪漫。然後我們看到詩人在奔赴遠方的行程間，摸索尋找個人的位置，企求一種獨特的聲調。遠離讓他認識到「歸返」才是追尋的主題，遠方讓他了解故鄉才是深藏在自己心中的祕密。我們還看到，詩人從夢想著文學的抽象世界，轉而看見足下跨過的現實，與人們行走時留下的傷痕。於是詩人想望的世界和詩人生存的世界展開對話，它們在詩裡、在詩人的內在，不停不停地對話。

可以吟唱的詩

你獨坐桌前，打開詩集，享受著一個人的KTV。在有如異教徒的神祕吟唱中，穿越時空回到特洛伊的古戰場。詩的旅行不曾間斷，你造訪了盛唐的廟宇、波斯的王宮。最後，你來到俄國大革命的現場，在一陣歡呼聲中睡著了，抱著心愛的詩集，終於在南台灣的星空下醒來。

《伊利亞特》荷馬／著　羅念生、王煥生／譯

遠在詩與詩的「抒情」傳統發生關係以前，詩曾單純為了「說故事」而存在著。西元前八世紀，《伊利亞特》和《奧德賽》兩部史詩開啟了西方文學的濫觴，向後人傳頌著神話尚未墜落的美好時代。

史詩的磅礡敘事至少吸引了兩票習性相異的讀者，懷抱悲劇意識的，會鍾情於《伊利亞特》；熱愛冒險動作的，則會傾向《奧德賽》。

《伊利亞特》描述詩人在女神繆斯的引領下，回到遙遠的特洛伊戰事。全詩用殘酷的戰爭美學，描繪人世間神祕難解的命運如何為諸神的意志所牽動。《奧德賽》的主題則是

《奧德賽》荷馬／著　王煥生／譯（貓頭鷹）

和平，戰爭終了，贏得勝利的勇士奧德賽在無比壯闊的航行旅程中，一路與怪獸搏鬥，終於返回家園。從《伊利亞特》到《奧德賽》，機巧取代了蠻力，諸神則讓位給了商業社會的凡人，古老的年代終結於一樁人間喜劇。

《魯拜集》奧瑪珈音／原著
費氏結樓／英譯　黃克孫／衍譯（書林）

從《魯拜集》可以看到翻譯對於詩的影響。英譯者費氏結樓是專精波斯文的學者，他將十二世紀波斯天文學家奧瑪伽音 (Omar Khayyam) 的四行詩句，譯成帶有淡淡維多利亞時代頹廢哀愁的英文。到了中譯者黃克孫的手上，又成為帶韻的七言詩。我們可從層層翻譯中，讀到一再出現的相同主題：浩瀚星辰下把酒當歌的點點蒼涼（費氏把平淡無奇的波斯小卷，變成膾炙人口的英文譯作）。書林並將這本書的源起，以及對中文世界的影響，作了相當的交代。

《吳晟詩集》吳晟（洪範）

吳晟詩集最完整的可能是洪範的三本，系統性地區分出關於鄉土景觀、母親、子女的不同題材。如今將三本融為一爐，對讀者而言就更加方便了。

如果我們曾想像現代詩有多艱澀難讀，吳晟絕對是一個例外，而且是成功的例外。他的詩裡沒有刻意尋覓的意象，卻充滿豐沛且真切的情感和反省。閱讀時不會為炫目閃爍的詞彙讚嘆，卻不得不為農家子弟的生活、農家子弟所必須面對的時代轉折而感慨萬千，同時，也為一個仍然堅持純樸美好之價值標準的詩人所選擇的純樸美好之形式肅然起敬。

《杜甫詩選》梁鑒江／選注（遠流）

在古典詩史裡，杜甫可能是公認的最偉大的詩人。他的偉大並不只是因為他有顆憂國憂民之心，更重要的是他能將自己的情志，轉化成感人的詩篇，打動讀者引起共鳴。不論是戰亂流離，或生計窘迫的時候，杜甫所關心的絕對不只是個人的問題，而是整個社稷、百姓，這是他最令後人景仰的地方。

杜甫空有一身理想，但卻一生潦倒，只好將自己所思、所感，發之為詩篇，也因此鍛造了他高度的詩歌藝術。不過，杜甫也並不總是個恓恓惶惶的儒家信徒，他也有輕鬆自在的詩篇，也有頹廢沉醉的浩歌，他的作品擁有許多不同風貌。

《古詩十九首集釋》
劉履等／著　楊家駱／編（世界書局）

《古詩十九首》的作者已不可考，大約是東漢末年潦倒士子所作。清沈德潛說其中「大率逐臣棄妻，朋友闊絕，遊子他鄉，死生新故之感」，是一群遭逢時代亂離的易感之士，一再面對人生各種「失去」的處境，因而發出普遍帶著「傷逝」基調的哀音。

《文心雕龍》說《古詩十九首》「婉轉附物，怊悵切情」，《詩品》則說「文溫以麗，意悲而遠，驚心動魄，可謂一字千金」，可見得這組詩一聲一聲敲進詩人們的心跳縫隙，足以成為詩人族群歷世共有的腔調。

《楊喚全集》楊喚（洪範）

提到楊喚，我們常想到騎著白馬到童話王國參加老鼠公主婚禮的小弟弟…，其實楊喚不但寫兒童詩，也寫散文、寫隱喻豐富的現代詩。讀者可以看到楊喚對兒童的溫柔體恤，也可以看到作為一個逃離不幸的童年，卻又陷入戰爭動盪的現代詩人，懷抱揮之不去的孤獨感。他的兒童詩越是溫馨美好，越對比出詩人自己的傷痛：如同一顆「垂滅的星」，被扔進女巫的黑色魔袋裡，偏離美好的路途，走向危險與扭曲。兒童詩如果是他試圖送給兒童們的新世界，他的其他詩作就是現實磨難裡，蒼涼寂寞而難以遏止的哀音。

《普希金詩選》
普希金／著　馮春等／譯　呂正惠／導讀（桂冠）

歷來對於普希金的評論，多將他比擬成帶領俄國文學由浪漫主義進入寫實主義的號手，本書也不例外；然而，我們希望讀者揣摩另一種心情重讀普希金，就好像十多年前，台灣處於新舊文化思潮交接的尷尬期的時候，讀劉大任的《浮游群落》替自己失憶的歷史，開了一扇窗的體會吧。

詩作譯本的閱讀，必然牽涉到由於語言的熟悉／疏離，而讓詩作與讀者的距離有所增減，這種宿命，也只能依靠書前的導論和背景介紹稍事彌補。這本書對非以文學為志業，或意欲緬懷歷史長河的讀者來說，可以放進書房中經常取用的那一格書架上。

容易上癮的詩

在你服用它以前，請將心情調暗至夜的色調，使用夜行動物獨具的多重感知頻道。

倒掛著行走，出示靈魂的刺青，方能進入那聚集了神祕幫派的、舞影幢幢的洞穴。

切記，回來以後，不可以讓別人知道。

《Les Fleurs Du Mal》 Charles Baudelaire, translated Richard Howard（Godine）

詩人在挑戰道德尺度一事上，總是不落人後，波特萊爾則是其中的佼佼者。這位西方第一位現代詩人在1861年出版《惡之華》，嚇壞了保守的民眾。他選擇一種抽離冷淡的態度，捕捉內在豐富的情感象徵。其文字魅力與對詩歌嶄新的態度，都被後繼者大方的學了去。Godine的英法對照版本，比中譯本更能精確地傳遞詩的韻味。而優良中譯本的缺乏，則是「波迷」的一大缺憾。

《艾蜜莉・狄金生詩選》
狄金生/著　董恆秀、賴傑威/譯・評（貓頭鷹）

浪漫派的文人似乎總是與孤獨特別有緣。而狄金生更是孤獨的徹底。成長在十九世紀性別規範嚴峻的美國清教徒社會，早慧的狄金生傾全力以避世來抵抗才情女子無路可出的宿命。

狄金生長期獨居於麻州家中，偶或藉信件取得與外界的聯繫。透過私密的閱讀與創作，詩人一生的詩作多達一千七百多首，非對生命的執著與對自我的凝視無以完成。詩人說「我的生命是一把上膛的槍」。狄金生的詩，獻給所有因不肯妥協而孤獨的靈魂。

《李賀詩注》
李賀/著　曾益/注　楊家駱/主編（世界書局）

李賀作品往往從非常新鮮的角度切入，他的詩風格虛幻奇詭，確實會讓人有鬼才的感覺，精心的創意，除了新奇，同時有驚喜之感。

李賀雖只活了二十七歲，卻造就了無可撼動的地位，所以時常有人會說他是天才詩人。不過，所謂天才其實是努力創作，甚至是以生命交換來的稱譽。李賀當然是個天才，但若不是對創作如此執著，也不會成就這個天才之名。

《瘂弦詩集》瘂弦（洪範）

一個詩人能不能單憑一本詩集奠定當代大家的地位，無可動搖？

可以的。瘂弦在《瘂弦詩集》之後就沒有再寫詩了，然而誰也不能忽略這一本重量級的詩集。

《瘂弦詩集》蒐羅1953至1965年間的詩作，這十二年間，得詩雖只一冊，年輕詩人的嚮往仰慕卻未中斷，他始終是眾人必須模仿、也必須逃避的詩人，是台灣現代詩無法忘懷的、美麗的樹影。

《午夜歌手》北島（九歌）

1949年，北島與「中華人民共和國」一同出生，這本詩集出版時，北島已然流亡海外，人生與歷史的微妙關聯，讓北島「流亡詩人」、「異議分子」的形象更為鮮明，也更為尷尬。

我們可以在初期的「陌生的海灘」、「峭壁上的窗戶」輯中讀到抑鬱之下的呼吼，將率直的熱情化為種種批評和指控。接下來所面對的問題從現實政治轉向歷史與家國，轉向遭難的個人如何沉澱憤怒與滄桑，面對另一種幾近「失聲」的現實。

《黑色鑲金》羅智成（聯合文學）

「而奇妙的是，你怎麼會還在？而且一直讀到這裡？當有人長大、離去、忘記……」

詩人在詩集的跋語裡這樣問著讀者，你們怎麼會在這裡？

這是一系列互相聯屬卻又可以各自獨立的小詩，看似許多零星的思考片段，然而其中其實隱藏了詩人在這一時期思考的主題。現實與詩、生活與文字，它們的關係到底是什麼樣子？是靠近還是疏遠？是相依存還是相斥？寫詩是對生活裡種種瑣碎規律的背離，文字在腦海中，是不是等於思想？而人類的文明，是否只是文字裡載浮載沉的流木？

《腹語術》夏宇（現代詩叢書）

夏宇是當代最神祕也最迷人的詩人。詩是文字藝術的極致表現，把我們慣常認識的那些字變成我們所不認識的——明明長相都還相同，可是忽然間我們就覺得這個字可能是別的字戴了面具，闖進來唬弄我們，害怕有什麼陷阱。如果讀大部分的現代詩會有這種驚奇，那麼，讀夏宇的詩以前，最好先檢查一下腦袋和心臟，確定它們承受得起夏宇的挑戰。

《腹語術》是夏宇的第二本詩集，一貫地運用非常平易簡單的文字，描述一個個隨處可見的場景。然而，讀者會發現，其實都不是這樣的，我們以為理所當然的東西，都是經過裝飾、變形；我們所認識的東西，其實我們並不真的認識，反而是那些陌生的，或許才真的與我們最為熟悉。夏宇對語言的敏感度，使她能夠把語言和現象都視為共同的符號，出入於各種符號之間，建立起一套獨特的溝通體系。在夏宇筆下，沒有誰和誰是真正在溝通的，也沒有什麼和什麼是不能溝通的。

拿來下酒的詩

詩不一定要一個人獨享，可以三三兩兩對飲，間以較勁的拳法，以一種大聲嚷嚷的小酒館調調。
夏宇說可以在年老時把情人的影子風乾，拿來下酒。
就算撈不到月亮，還是可以將字句一飲而盡，包括杯底那隻形而上的金魚。

《李白詩選》馬里千／編注（遠流）

李白給人的印象可以說是詩人中的豪俠。〈將進酒〉中的狂放，或〈蜀道難〉裡的雄偉氣象，總像讓人親眼目睹那狂傲不羈，才氣縱橫的詩人形象。

但是，在放蕩風流的形象之外，李白仍有獨酌無相親的喟嘆，在豪飲沉醉的行徑之中，透顯出李白對人生終極虛無的無奈。古典詩人裡，李白可能也是個最孤獨、最痛苦的詩人。

《蘇東坡詞》蘇軾／著　曹樹銘／校編（台灣商務）

提到蘇東坡，就會連帶地想起他的奇聞趣事，他的天生聰明與一生浮沉所打磨出來的超曠放達。因此一般人總愛將他歸為豪放詞家，好像他永遠都是灑脫不羈的。

蘇東坡當然並非僅止於此！他的詞作中除了有「大江東去」的歷史詠懷，還有「明月如霜，好風如水」的靜夜覃思，更不用說那悼念亡妻時「十年生死兩茫茫」的哀傷與深情。蘇東坡不只豪放雄奇，兼能清麗韶秀，其極清極秀之作，在滿是情歌的宋詞裡只怕少有敵手呢！

《辛棄疾詞選》劉斯奮／選注（遠流）

辛稼軒與蘇東坡並稱「蘇辛」，總被當成豪放詞的代表人物，然而他們又都不只是豪放。讀辛棄疾的詞要有心理準備，其中有豪壯的英雄志向、沉痛的英雄悲歌，有溫暖的人情往還、壞腐的人事鬥爭，在「豪放」之外，其實蘊含了深厚而複雜的情志與喟嘆。

另外，辛棄疾才學宏富，對詞的體式規律體會尤深，對於什麼樣的內容、情感應該配合什麼樣的曲調，均經過非常審慎的選擇與經營。他又擅長以文入詞、以論入詞，在詞中抒情言志、說理議論，用典尤其巧妙，往往藉古人之典融攝歷史與時事、國家與個人。這樣的苦心沉潛，怎麼會是「放」字概括得了的？

讓腦袋流汗的詩

承認吧。讀詩是艱難的。艱難得像是參加一個只有25個字母的填字遊戲。

拼圖的一角老是被丟進海裡。意象的接龍總是缺一個黑桃7。但是對於打不死的玩家而言，

越是深不可測的謎語，越是撲朔迷離的字句，越是讓人腎上腺素分泌。

鍛鍊鬆弛的思考，磨練虛弱的耐力，請你務必開啟想像力的寬頻。

遺失的寶物，破關的密碼，就在某處……。

《馬拉美詩選》
馬拉美／著　莫渝／譯・導讀（桂冠）

馬拉美的詩，可以觀，也可以聽，字句之間具有音樂的和諧性。以繪畫的角度比喻，馬拉美擅用具體的意象，讓詩中的現實失焦，則接近繪畫上的印象派。1876年〈牧神的午後〉讓馬拉美的藝術生涯達到高峰。這首詩在1894年被印象派音樂家德布西譜成〈牧神的午後序曲〉，而1912年被原籍波蘭的蘇俄舞蹈家尼金斯基編成芭蕾舞。

《葉慈詩選》葉慈／著　楊牧／編譯（洪範）

誰說人過了中年就不再寫詩？愛爾蘭的傳奇詩人終其一生都以詩的形式和自己論辯著。早期的葉慈唯美浪漫，嚮往著愛情完美的形貌，詩中經常出現豐富的居爾特傳說。中期的葉慈，經歷了一次大戰與愛爾蘭獨立戰爭，逐漸對愛爾蘭的命運，和人類的歷史與文明，有了更多深沉的見解，留下〈Easter 1916〉、〈The Second Coming〉等作品傳世。

詩人晚年則醉心於自創的象徵體系，以藝術的永恆性抵抗肉體的消逝，詩人的心思也逃到難解的謎語裡了。

《夢或者黎明及其他》商禽（書林）

商禽的《夢或者黎明》在1969年出版時，已經被喻為超現實主義的經典之作，後來又補進其他當時未收錄的詩作，而成為《夢或者黎明及其他》。這本詩集象徵著詩人心靈的逃亡，當肉體已然被城市綑綁，言談被政治和條規綑綁，人要往哪裡逃亡呢？逃向夢？逃向黎明？或者其實無處可逃，只有徹底忘卻？

商禽除了以超現實主義成為台灣現代詩的領航員，同時也開啟了台灣詩人對「散文詩」的探索。「散文詩」處在散文和詩之間的尷尬位置，有散文的形式，卻必須是詩。這樣的特殊體裁不能只依靠意象的聯繫，還常常放進敘事文類的元素。如何確定它終究是詩？如何在講述間保持詩的凝練？商禽不但寫出確然無誤的散文詩，尤以重要的是，他使散文詩的形式成為一種必要的選擇，足以真正呈現荒滅的人世與不斷的逃亡。

《漂木》洛夫（聯合文學）

「詩人」是一種念舊而近乎守舊的動物，同時又是一種永遠走在宇宙邊境、讓人無從追趕的動物。

當批評家還在以「超現實主義」作為洛夫在現代詩壇的標籤，洛夫已經走向流蕩與離散的生命之旅。像《漂木》這樣的「長篇章回詩」，除了證明洛夫寶刀未老，詩的語言依然銳利靈動，也可以作為洛夫的「自傳詩」。詩作中鮮明的漂流木與時間意象，除了一再呈現洛夫對故國與舊時的眷戀，同時也是詩人自己在當下尷尬的處境裡，對生命的本質再次發出喟嘆。遠行的生命要停在哪裡呢？動盪的現實會把生命漂送到什麼樣的未來？是喜劇，還是悲劇？洛夫眼中所見，時空已經成為廢墟，然而他向廢墟致敬，向那些從漂流離散裡站起來的生命致敬。

我們不禁要想到特洛伊戰爭後，英雄奧德賽在汪洋中的十年流浪。

《Sonnets to Orpheus》 Rilke, translated C. F. MacIntyne（University of California Press）

里爾克可說是德國最知名、也最有影響力的現代詩人。他曾說過，「詩人的角色，就是用敏銳的感官觀察萬物，觀察這不斷流動，並深深吸引著你的世界。」透過對創造物的凝視，詩人描繪自然深處的神祕境界，並用無比清晰、又深具感情的語言表達，在不斷變化的生命經驗中尋找永恆的和諧。

《荒原‧四首四重奏》
艾略特／著　杜若洲／譯（志文）

艾略特是二十世紀初美國的現代主義詩人。讀者若缺乏大量西方文學背景的裝備，貿然闖入荒原，無疑是一件痛苦的事。詩人掉書袋成癮，大量引用與指涉古籍的字句陷阱，常使讀者誤入歧途，一頭霧水。但是《荒原》在西方文學史上實在太「正典」了，掌握到竅門、肯花腦力的詩迷仍然趨之若鶩。

《方思詩集》方思（洪範）

方思活躍於台灣詩壇五〇年代，也正是鼎鼎有名的「現代派」發起人之一。本書分為三個部分：「時間」、「夜」、「豎琴與長笛」，分別收錄他各時期的作品，大部分為短詩，第三部分「豎琴與長笛」為組詩。

從「時間」到「豎琴與長笛」，用時間紀年來觀看，可以發現方思像當時很多現代主義詩人一樣，多致力於抽象思維的辯證，以及對自然宇宙的提問。「人類不能看澈黑暗，這是可哀的。」現代主義詩人關注的往往是自我的挖掘，或用詩句試圖尋找出宇宙萬物的真實，而在這反覆的剖析與激辯的過程，詩與生命的火花因此擦出，這也是現代主義迷人之處。

《顧城詩全編》顧工／編（上海三聯）

青年詩人顧城最令人印象深刻的，莫過於在1993年底於紐西蘭，用斧頭先砍死妻子謝燁，而後自殺的新聞事件了，台灣詩人許悔之也針對此事發表過一首〈愛上死嬰——謝燁被顧城所殺〉。

然而，除了從香港電影《顧城別戀》或者殺妻的社會事件以外，我們更有另一種直接認識詩人顧城的方法。這本由他父親顧工所編的《顧城詩全編》可以說是當今最完整、也最具代表性的顧城詩著作。「黑夜給了我黑色的眼睛／我卻用它尋找光明」，從封皮的〈黑眼睛〉一詩出發，讀者們也用自己的眼光得以與這位早夭的詩人兩兩對望。

《張錯詩選》張錯（洪範）

本書收錄從六〇年代起詩人的創作共八十首。楊牧的序〈劍之於詩〉剛好點出張錯詩的特色：帶著某種剛硬、冷冽，卻又弔詭的是百煉鋼更是繞指柔，這也是他詩中所提及的：「在春天三月的夜晚，我終於在你手中悄然輕彈，成一柄亦剛亦柔的長劍。」

從宮燈到劍，從奈何橋到威尼斯，詩人之眼如此之遼闊，然而張錯絕對不是天花亂墜的，相反地，我們在他的詩裡面看到了某種節制但又自由的文字。節制是因為詩人骨子裡的古典性格，而自由，則因為其意象的豐富。在這種微妙的均衡與張力之下，文字與音韻之美充分地展現出來了。

《涉事》楊牧（洪範）

將詩集命名為「涉事」，也許已經隱約透露出楊牧的「自言其志」。

論者們一度言之鑿鑿，將楊牧畫歸為帶有特殊涵義的「學院派」，其意不外乎遠離現實、陶醉於自我的象牙塔等等。楊牧曾以《有人》一集正面表達了他對現實的積極關注、切身介入，如今又在新作裡翻高一層，將所謂「現實」擴大為人生處境與哲學思索，這些都和戰爭、選舉、災難等等具體的事件一樣，是現代人不得不面對、也時時在面對的生活。

「詩是我所涉事」，楊牧之意莫非在於，涉入現實必得有一獨特的觀照視野與態度，而「詩」正是他體認現實、融會現實、批評現實的途徑，也正是他期望現實有朝一日終能靠近的指標？

消除疲勞的詩

請你以打開一座森林的心情，打開某些詩集。以進入一座海洋的方式，進入某些字句。
讓那些結晶的顆粒閱讀你，磨去你浮躁的疲憊的外衣。
不論是火山灰或冰河泥，都不能深入到那樣的內裡。

《陶淵明詩選》 徐巍 / 選注（遠流）

陶淵明是中國文學史上最受歡迎的詩人，雖然他在世時其實相當寂寞，然而，在他身後，沒有哪一個讀者可以抵抗那樣的真淳和堅持。

從陶淵明的詩裡可以看到他種田，收成不好，於是很辛苦地朝出晚歸。可以看到他喝酒，喝出了深邃的〈飲酒二十首〉。看到他讀書，雖然曾經自稱「讀書不求甚解」，卻偏偏很愛看圖，看到《山海經》附圖中可愛的妖魔鬼怪們，也忍不住寫詩抒發感想。

他所思考的問題複雜難解，然而他卻是最真實、最真誠的詩人，勇敢面對古代知識分子最頭疼的出處進退，在仕與隱之間深思熟慮，在寂寞裡渴望知音。於是，即使是中國文學史上的偶像巨星蘇東坡，也不得不為這個家徒四壁的詩人傾倒不已。

《新月漂鳥集》

泰戈爾 / 著　李慧娜、卓加真 / 譯（遊目族）

詩哲泰戈爾是印度的重要詩人，以孟加拉文寫作，作品帶有哲學涵養。所謂哲學涵養，融合了傳承自印度的宗教信仰與人生觀、擷取自西方的基督教與哲學傳統，因此，在哲學裡不止於思辨，在信仰裡不止於崇奉，而如同一陣寬闊的長風。

「新月」一集寫於兒女們出世之時，向孩子述說世上的美好與愛，並且透過孩童的眼睛觀看世界，充滿天真的童趣。「漂鳥」一集可能是泰戈爾最具代表性、也傳頌最廣的作品，當時，他的五個兒女中已有三名么亡，妻子亦已過世，飽嚐人生的悲劇，同時也寫過更多的成熟之作，乃有漂鳥之喻：人生正如漂鳥，周流雲遊，最終必唱出智慧與超越之歌。

《波赫斯詩文集》

波赫斯 / 著　張系國等 / 譯　曹又方 / 選編（桂冠）

因為馬奎斯，拉丁美洲的魔幻寫實幾乎征服了全世界，而馬奎斯最看重、推許的魔幻寫實開山作家就是波赫斯。在這本薄薄的詩文選集中，收錄了波赫斯的短篇小說、短文、詩，已然標示出魔幻寫實獨特的魅力。

波赫斯擅長處理幽微曖昧的心智運作過程，所關切的問題與題材無疑與所創發的表現手法極為相得。他可以在敘事文類裡運用、討論時間與記憶、變化莫測的當下和未來，巧為編織，也可以在詩歌裡將生、死等抽象概念精準地化成意象。長年失明的波赫斯「看」到的不再局限於人間具體可觸的景象，還包括隱藏其中的深層孤獨、憂患，以及頓悟。

《向陽詩選》 向陽（洪範）

本書為詩人向陽自1974年以來二十多年的詩作結晶，著者不但是詩人，而且身兼學者之職。

向陽一向被稱為學院派詩人，這封號不無道理：學院理論的洗禮，讓他更注重在詩藝的精進與表現，在他的詩中可以看見形式上的用力，如〈絕句〉或〈盆栽〉等詩分別用字數、四句排列方式表現出了絕句意象、格式上的斷行，或者盆栽被局限於小小天地的意象。然而這些語言上的實驗絕對不是走拗句或者怪奇路線，讓人難以親近的。反之，在詩人的實驗中，我們看見的是某種帶手銬跳舞的藝術，而向陽顯然玩得很好。

臉紅心跳的詩

關於愛戀的求索，關於慾望的起落。請用心切開悶騷的字句，用想像的小火烹煮，
在冷感的冬季，享用一道愛情的麻辣鍋。

《李商隱詩選》陳永正／選注（遠流）

李商隱不是中國最偉大的古典詩人，然而他可能是讀者最多、最廣泛的古典詩人，不但在學院裡有永不衰退的研究熱潮，還在現代社會佔有一席之地，「此情可待成追憶，只是當時已惘然」，讀者們不見得了解那惘然的情感何所指涉，卻能在市售那些粉嫩朦朧的小卡片上感受到自己內在的某種悵惘和騷動。

李商隱當然是情詩名家，不論寫愛情或友情，他都能精準掌握情感本質的普遍性，因此無論能不能讀懂他的詩，都可以在其中感受到豐富的美麗與哀愁。除了情詩，李商隱還擅長神話與歷史題材，不但就嫦娥、楊貴妃等寫出不同於流俗的翻案之作，更能從中發掘人生的美麗、虛幻與蒼涼。

《人生不值得活的》楊澤（元尊）

詩集取名「人生不值得活的」，似乎在作一種厭於生命的告白，打算告訴每一個在生命中汲汲營營的人，過去所做的一切都是沒有意義的。然而，我們又可以在詩集裡讀到無限眷戀的情詩，對愛情、對青春、對絃管歌舞的城市、對奔跑狂飆的時代，詩人似乎一點一滴的享受著，在所有可以看的時候張開眼睛，在所有必須呼喊的時候扯開喉嚨。人生不值得活，那為什麼詩人要這樣巨細靡遺地活？這樣反反覆覆、來來回回地活在當下的每一個細節裡？

原來詩人是想告訴每一柱有為的國家棟梁，人生只有在某些情況下是值得活的，只有當自己追逐著值得追逐的東西，反叛著值得反叛的律法，才是真正的活著。一個人努力推開的不是不堪與失敗，而是在自己之外、卻又一直想套在自己身上的那些東西。那些東西是夢想，也是灰燼。

《聶魯達詩精選集》

聶魯達／著　陳黎、張芬齡／譯（桂冠）

隨著電影《郵差》的風行，這位曾在1971年獲得諾貝爾文學獎的智利詩人，也聲名遠揚。政治左傾的聶魯達，曾因為政治迫害，逃亡他鄉。憤怒的詩人，將靈魂溢滿的熱情，化作對抗政治最美麗的武器。但是如今詩人最令人傳頌的還是那些訴說著絕望與悲傷的情歌。詩人的文字簡樸，卻飽含了濃稠的愛意與情思。情人的身體，是夜空的星子，翻騰的林海，與湛藍無垠的宇宙穹蒼。

聶魯達曾說：「最好的詩人就是給我們日常麵包的人。」詩人以生活微小的事物入詩，訴說日常生活中的愛慾。貼著詩人充滿韻律的文字節拍，我們彷彿從一枚貝殼的低語，竊得一整座呢喃的海洋。

《十四行詩》

莎士比亞／著　虞爾昌／譯（世界書局）

看過電影《莎翁情史》的人，一定都能感受到中世紀英文珠圓玉潤的詩韻。如果讀者嫌讀中文版不過癮，想要自己來上兩句，這本中英文對照版是一個不錯的選擇。從義大利進口的十四行詩，歷經了英國詩人的「本土化」改良，成為莎翁筆下不斷花樣翻新的愛情小箋。失戀，始終是文藝復興詩人永恆的命題。所有關於愛戀中人的偏執與耽溺、單戀的執拗、自我厭棄、時間與死亡的召喚……，所有戀人所必經的凶險，莎翁都用華美的譬喻表達。而十四行詩精準的形式要求，埋伏著大量譬喻的變換與結尾對句的機巧，成就了寫作的難度。同時，讀者不難發現其書寫對象是曖昧的。詩中至少言及一位情婦，以及詩人所愛戀的一位年輕男性。也難怪近年來有關莎士比亞愛戀小男孩的論述大量氾濫。時空的變遷也增生了閱讀的趣味。

一次吃到飽的詩

重量級的補品。中西合璧的療效。除了打蟑螂、壓牆角，最大的功能還是為外在氣候嚴寒而心神交瘁、靈魂耗弱的人們迅速地補補身體。

對於想要了解詩，卻不知如何開始的讀者來說，是個夢幻般的選擇。

《二十世紀台灣詩選》
馬悅然、奚密、向陽 / 編（麥田）

這本詩選收錄1920年以降的台灣現代詩人五十家作品，不但在台灣出版，同時也由哥倫比亞大學推出英譯本，將台灣現代詩推上世界文壇。

其特色在於不再執著於五四時期詩人的影響，直接從在台灣本土成長、創作的詩人之作，呈現台灣現代詩的獨特風貌。固然台灣現代詩頗承五四遺緒，然而如何在這塊土地上互相衝激交會出「台灣」的詩，則是台灣讀者最關切的問題。此外，這本選集也拋開詩社的限制，以詩人個人的創作成績為考量，雖然台灣詩壇確實曾以「詩社」為主要的活動型態，然而「詩人們」到底寫出了些什麼，可能才是衡量二十世紀台灣詩壇時，最重要的標準吧！

《The Norton Anthology of Poetry》
Edited by Margaret Ferguson, Mary JoSalter, Jon Stallworthy（New York: Norton）

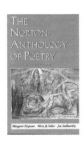

老字號的Norton是美國重要的文學出版社，三十年來出版的各類文選，常駐英語及英美文學系所學生的必備教科書名單。然而Norton的好不僅止於它編排精美，或是書本厚重堪為文化美容精品，而是它的確能在四百年英美文學的數百作家中，挑出數條線索。Norton的英美詩選，選輯了從喬叟以降，一直到俠謬斯·黑尼（Seamus Heaney）、歐德烈·羅德（Audre Lorde）等當代英美詩人共約三百五十人的作品。Norton 的另一項優點是與時俱進，對於女性、少數族裔作家的詩作（尤其是二十世紀的作品）多有收錄，算是體現了三十年來英美文學界對於「經典」的反思。有興趣的讀者亦可以參考Norton的其他選輯，例如《Norton Anthology of English Literature》或《Norton Anthology of American Literature》。

《現代中國詩選》楊牧、鄭樹森 / 編（洪範）

編纂一部詩選，一方面當然必須舉出值得反覆閱讀的作品供人詠誦唱歎，另一方面，如果編者別有企圖心，可能可以藉著選集傳達某種文學觀。從這兩點來衡量這兩冊沉甸甸的選集，或許可以了解編選者對詩的使命感。

楊牧與鄭樹森的組合，不但有「學者」的品評，還兼顧「詩人」的觀點，選出來的不僅是值得學者討論的詩，同時也是詩人嘔心瀝血之作。尤其，兩位選者為選集所作的序，既是一部簡明扼要的現代詩史，對現代詩提出相當有分量的批評，又舒馳有節、晶瑩澄澈，直可謂為一篇如詩的美文。 ■

延伸閱讀

詩論
亞里斯多德《詩學》（台灣商務）
波赫士《波赫士談詩論藝》（時報）

古詩賞析
方瑜《不隨時光消逝的美》（洪健全文教基金會）
王國維《人間詞話新注》（里仁書局）
葉嘉瑩《詩馨篇》（桂冠）

現代詩賞析
陳義芝《不盡長江滾滾來——中國新詩選注》（幼獅）
羅青《從徐志摩到余光中》系列（爾雅）
奚密《現當代詩文錄》（聯合文學）
南方朔《給自己一首詩》（大田）

詩人傳記
潔米·富勒《孤獨是迷人的——艾蜜莉狄瑾蓀的秘密日記》（藍瓶文化）
連摩爾，伯藍《葉慈》（貓頭鷹）
F. E. 哈勒岱《莎士比亞》（貓頭鷹）

寫詩入門
蕭蕭《現代詩創作演練》《青少年詩話》（爾雅）
向明《新詩五十問》《新詩後五十問》（爾雅）
楊牧《一首詩的完成》（洪範）
白靈《一首詩的誕生》（九歌）

其他
潘富俊《詩經植物圖鑑》（貓頭鷹）
楊照《迷路的詩》（聯合文學）

有關詩的22個網站

文／紀智偉、張惠菁、李康莉

作詩、看詩、聽詩：百年時空輕鬆穿越

http://www.bbc.co.uk/arts/poetry/

BBC的詩網站標榜的是「作、看、聽的詩」（Poems to Make, Watch and Hear）。換句話說這裡的詩可不是乖乖的白紙黑字，文字一踏上多媒體風火輪，立時興風作浪、耍狠撒潑。多彩多姿的聲光效果，成功地將印象中高不可攀的詩，改良得美味可口、甜蜜誘人，讓你每天都想喝一大口。

既然是多媒體，當然少不了聲音檔。BBC不愧是英國國家廣播公司，檔案豐富，加以數位化處理後，便成為珍貴的網路資源。包括丁尼生於1890年朗誦自己的詩作〈The Charge of the Light Bridgate〉，一百多年前的詩人聲音，竟然就在一個滑鼠按鍵下播放出來，讓你體悟詩歌搭乘網路穿越時空的神奇魔力。

並且，除了大人們過癮，英國的小鬼們也真幸福，可以在這裡票選心目中最In的童詩呢！

最活躍網路詩聯盟：好大一群詩妖

http://ourpaper.ttimes.com.tw/user/monster/main.php

《明日報》雖然已經結束，個人新聞台卻得以獨立的生命繼續存在，其中臥虎藏龍，自不在話下。

目前網路上最活躍的詩社群也潛藏在其中。「我們這群詩妖」逗陣新聞網，目前共有三十六個個人新聞台加盟，包括楊佳嫻的「女鯨學園」，鯨向海的「偷鯨向海的賊」，邱稚宣（毛球頭）的「單人城市」，銀色快手的「飛翔咖啡屋」，以及甫獲時報文學獎新詩首獎的詩人遲鈍的「你想怎樣」等等。先不說別的，光是各站的「花名」：從「虛言症」到「房間的情緒」，從「英國王子來投胎」到「我肥大的茉莉香味哀傷」，就已經夠刺激想像了。

雖說每個加盟新聞台都各有個人首頁，但從詩妖首頁可以更方便地找到各版最新張貼的文章與詩。眾家詩妖創作力旺盛，新作頻出，並不時在文章中互相涉及，彼此對話。不僅網站之間形成有機的互聯，創作社群更利用網路建構起有機的對話空間。在這裡，網友們在思想與創作上彼此激發，是一個真正令人感受到網路活力的地方。

靈石島包羅萬象，世界詩歌齊顯靈

http://www.lingshidao.com/

靈石島雖是個人網站，資料卻豐富到驚人的地步。靈石島本站的資料，分為古詩、新詩、譯詩、外文詩、詩論五大資料庫。光是看「譯詩資料庫」，截至2001年6月為止，總共收集了世界47個國家213位詩人的2237首詩，其中甚至包括了作者佚名的愛斯基摩人詩謠、希伯來雅歌、埃及尼羅河頌等。而以原文收錄，未加以翻譯的外文詩，更高達5704首，內容從古印度史詩到二十世紀新詩都有。想要多認識幾個詩人的名字，閒來無事多誦唸，到靈石島來保證靈。

全美文藝大拜拜

http://www.poets.org/

這是由「美國詩人學會」（The Academy of American Poets）主持的網站，因此裡面不乏詩人訊息：誰得了2001年的James Laughlin獎啦，今年的惠特曼獎公開甄選開始啦……，想知道詩人圈子裡發生的事，上這個網站就對了。如果你是個熱心參與的讀者，要知道全美哪兒有什麼文藝大拜拜，也可以用Event Calendar的功能搜尋。

打開詩的檔案櫃，跳出十大詩人

http://www.emule.com/poetry/

The Poetry Archives網站有些有趣的設計，例如Random Poem，隨機給你一首詩，看看你今天的有緣人是王爾德、莎士比亞，還是勃朗黛？此外還有「十大好詩」的統計，其實也就是最被網友查詢下載的詩。有「十大好詩」就有「十大詩人」，目前威廉‧布雷克（William Blake）以十四萬次點閱率高居榜首，其次是艾蜜莉‧狄金生的十二餘萬次，葉慈以八千餘次的差距居第三位。什麼？葉慈的支持者不服氣，想發動灌票？得了吧，諾貝爾獎都讓他拿走了，十大詩人就小讓一下好了。

每個人都是詩人，連滑鼠都會寫俳句

http://www.everypoet.com/

名為everypoet.com，當然少不了眾家詩人的底細與作品。不過這個網站除了詩與詩人的資料庫，更精采的地方應該是一些趣味小設計。上這個網站，記得一定要玩玩「俳句製造機」（The Genuine Haiku Generator）！依照指示，按下滑鼠左鍵，程式便自動組合文字，產生一組讓你似懂非懂，大嘆禪機處處的字詞組合。到底其中是否真有深意？善哉善哉，那就要看你的悟性了。

典藏豐富的詩路之旅

http://www.poem.com.tw/

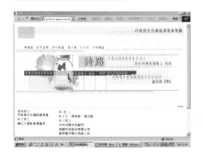

「詩路」是由行政院文建會籌辦，輔大影像傳播系製作的詩路網站。在中文現代詩網站中算是內容相當豐富。

尤其「典藏區」中蒐集了歷年許多作者的詩學理論、詩作評論文章。別忘了，許多詩評是發表在流通量有限的刊物上的，因此「詩路」網站將這些詩論詩評，依作者姓名筆劃整理數位化，可是讀者的一大福音哪。

典藏區的另一特色是，詩人以出生年為序列排排站，對中文現代詩不熟悉的讀者，可以隨著滑鼠移動很容易看出詩人間的世代區隔，並閱讀他們的簡介。不過可能受限於出版版權，網站蒐集的詩作並不完全，有些著作等身的詩人如楊牧等，僅收錄了兩三首並非最具代表性的詩。

莎士比亞情詩旗艦店

http://www.allshakespeare.com/plays/sonnets/

隨著電影《莎翁情史》風靡世界，莎士比亞的魅力無遠弗屆，連網站也在世界各地開起分店來了，不過，「莎翁大全」可是你不得不造訪的旗艦喔。在這裡，你可以看到莎翁作品的原文、相關評論、角色分析、寫作背景，以及參考書目。連經典名句都一應俱全，方便你掉書袋。莎翁一生著作等身，除了悲劇、喜劇、歷史劇，還有高潮迭起、撲朔迷離的十四行情詩。到底詩中讓莎翁一見傾心的謎樣美少年是何許人也，看看相關的研究裡是否有答案吧。

戀人福音，情詩便利站

http://home.pchome.com.tw/women/jojoc123/index.htm

寫情書寫到腸枯思竭嗎？讓詩人們當你的大鼻子情聖，給你的想像力一點刺激吧。本站站主公開徵求網友交流在報章雜誌、詩刊上讀到的情詩，並且分成喜悅、癡狂、痛苦、煎熬、哀愁等五大類，基本上就是以一個人在談戀愛時經受的五種心情溫度來分類啦！例如煎熬的時候讀席慕蓉的〈難題〉，喜悅的時候讀羅智成的〈唸給你聽〉，癡狂時讀聶魯達的〈我喜歡你是寂靜的〉。戀愛中的人們想要感受詩的共振，本站提供的算是十分便捷的套裝軟體，只是目前收錄的詩不多，選擇有限罷了。要想引用到情書裡，可得記得註明出處，別讓情人在十年後才發現，他當年愛上的是泰戈爾呀！

詩人速成班，一人開課！

http://www.poetry.com/

這個站簡直就是詩人的速成補習班。腸枯思竭找不到押韻的字？本站的線上押韻字典幫你解決困難。輸入任何單字，程式會自動將合韻的字搜尋出來。站上有詳細的寫詩技巧指南，如果你讀完還是寫不出詩，網站還提供更多的課程。如果你文思泉湧，一發不可收拾，恭喜，本站還提供各種商品服務，你可以把自己的得意佳句印在T恤上穿著到處走，放在馬克杯上用來倒茶給客人喝，刻在鑰匙圈上以示那是開啟你心門的一句話，當然也可以自費出版你的詩集。除了這些商業性的服務，網站的內容其實也做得相當不錯，「一百首好詩」可以讀到一些較不常被引用的詩人作品。而且網站每個月均舉辦比賽，把你抽屜裡的詩寄去投稿，說不定可以贏到一千美金喔！

讀金庸不只學武功，還要會詩詞

http://jinyong.ylib.com.tw/works/v1.0/works/poem.htm

沒看過金庸作品集的請舉手。沒人？那麼，書裡頭的詩詞涵義你都瞭解嗎？還是常常略過不看呢？來金庸茶館裡頭坐坐吧。進門左手邊就是詩詞金庸茶室。你會看到這世界上偏生就有那許多死忠金迷，十分偏執的就是想知道自己喜愛角色口中的詩呀詞呀的究竟從哪裡來，或是上窮碧落下黃泉非把各篇回目考證一番才甘心。諸如關於「李白〈俠客行〉的俠與行」，或是胡斐和苗若蘭對答的〈善哉行〉，以及《倚天屠龍記》回目的柏梁體詩等，都可以看到自稱「二十世紀天下第二」，「只服輸陳世驤教授一人而已，於國學和金學用功甚勤，考證引典功夫一流」的版主潘國森對這些詩詞的精心淺介。

唐詩三百首，李白講英文

http://etext.lib.virginia.edu/chinese/frame.htm

See how the Yellow River's waters move out of heaven. Entering the ocean, never to return.... 不要懷疑，此乃李白的「君不見，黃河之水天上來，奔流到海不復回」之英譯是也。這個「唐詩三百首」網站，將三百首唐詩全翻成中英對照，背古詩兼學英文，一舉兩得。就讓李白代替電視上那些徐姊姊、鮑姊姊們，成為你的私人英文家教吧！

你可以更靠近拜倫一點

http://www.englishhistory.net/byron.html

想和拜倫更靠近一點嗎？那你一定要來看看。這裡有你所能想到的關於拜倫的一切。假如你好奇是什麼樣的愛戀情史能讓詩人靈思泉湧，那麼關於他的妻子和情人的八卦就千萬不能錯過；若是你比較關心拜倫的成長背景，那麼這裡所提供的生平、自傳，以及多張拜倫的唯美身影一定可以滿足你（而且資料仍會持續不斷更新）。若是你只在意拜倫的心路歷程，那麼就直接從作品下手吧。除了一般表單式的連結外，站上還提供功能強大的搜尋引擎，內容齊備，你可以輕鬆地找到自己心儀的詩作。還有其他各式各樣的連結，包括全世界各地的拜倫迷所架設的網站，讓你讀詩不寂寞。也有通往其他詩人如濟慈的連結功能，讓拜倫的腹地更加遼闊。

檢點詩生活，發現波赫士

http://www.poemlife.com/Asp/index.asp

「詩通社消息」提供大陸各地詩社、朗誦會消息，「詩刊精選」有詩刊最新作品，至於論壇當然就是詩同好們切磋討論，以及偶爾擦槍走火口舌激辯的地方。更重要的是，本站正如許多大陸網站一般，你會驚訝地在這兒找到許多台灣末被譯介的國外資訊。例如最近便有人譯了一篇原載於《美國詩歌評論》的波赫士（大陸譯名為博爾赫斯）訪談──說是訪談其實有點牽強，比較接近抬槓及不斷地岔題。唉！但你知道當詩人拿他的語言修養來抬槓時，總還是精采的。

里爾克迷無聊時的消遣

http://myhome.zaobao.com/home/d/dasha/index.htm

版主陳寧由喜愛里爾克的詩，而蒐集里爾克相關研究與詩論，甚至進而嘗試德語詩的漢譯。雖然他自稱是「因痛心於李氏的漢語譯本才幹這種無聊的事」，不過身為網友，我們其實滿感謝他的「無聊」，提供了里爾克生平、年表、圖片集等豐富資訊。站上除版主本人對里爾克進行的研究與翻譯之外，也收錄林語堂、梁宗岱、馮至、劉曉楓等人談及里爾克的文章。

「意遲雲在」，歷代詩人全都在

http://yichi.topcool.net/index.html

這個叫做「意遲雲在」的網站，搜羅了杜甫、李商隱等三十一部詩集，李後主、納蘭性德等四十七部詞集，關漢卿、馬致遠等二十部元曲集，及多種賦與文。我們還能說什麼呢？雖然字很小，又沒有註解，看在版主如此誠心的份上，你就當作國學程度大考驗吧！

讀《詩經》多識草木蟲魚

http://cuixidong.at.china.com/

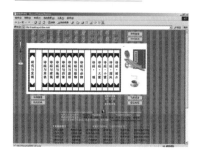

這是一個深入淺出的《詩經》教學網站，除了提供《詩經》原文註釋之外，更有關於《詩經》寫作時代、特色等的綜觀性知識。而《詩經》中出現的動物、植物、器用、地理、建築物等，在本站都可查出它們的出處。部分草木蟲魚更有圖片相佐，只可惜圖片並非現代照片，而是看起來跟《詩經》的古老年代比較相稱的白描圖畫。因此，如果你看了圖片還是不明白「關關雎鳩」的長相，別忘了詩是需要想像空間的。

紫狐狸的家，回望二三〇年代詩人身影

http://go4.163.com/foxmm/index.html

又是一個喜愛讀詩的網友所架設的個人網站。比較難得的是其中蒐集了戴望舒、何其芳、林徽音、郭沫若、卞之琳等，二〇至四〇年代中國詩人的作品，其中除林徽音因《人間四月天》重新成為文藝青年心目中永遠的美少女之外，戴望舒等人的作品在台灣書市中已經不易找到。想認識這些世紀初詩人的身影，「紫狐狸的家」提供極便利的網路資源。

當代美國詩人總覽

http://www.english.uiuc.edu/maps/index.htm

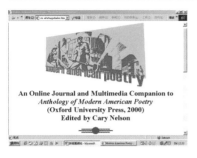

這大概是當代美國文明最不會被恐怖分子轟炸的一個角落了。當代美國詩網站，除了按姓氏字母提供詩人資料及作品檢索之外，還有各大學相關課程的大綱。魯西迪說對抗恐怖分子要用當衆接吻、培根三明治、文學、電影、音樂、思想自由、美與愛……，嗯，可以考慮再加上：詩！

線上文學大全裡的詩人山頭

http://www.online-literature.com/

這個網站口氣不小，站名就叫做線上文學大全。只要你從作者索引進入，就可以看到小說、戲劇、評論各文類的山頭林立，其中英美詩人也不少。重要資訊包括詩人簡介、主要作品收錄，而全文檢索可以幫助你利用詩中的關鍵字找到相關的詩作。

喜歡詩，就要大聲念出來

http://www.favoritepoem.org/

這是一個由美國桂冠詩人平斯基（Robert Pinsky）發起的計畫，他在波士頓大學任教多年，深感詩的欣賞應當是用聲音朗誦出來，而不是用眼睛沉默地閱讀。當人們朗誦著觸動他們的詩時，那聲音與表情的合鳴，也是詩的一部分。因此他在獲得美國國會圖書館頒發桂冠詩人頭銜後，便發起這個「最喜愛的詩」讀詩計畫，舉辦一系列的詩歌朗誦會，將每個人朗誦的情景錄影存檔，影像檔除了儲存在美國國會圖書館，也可以在這個網站上看到。這整個計畫後來也和電視節目配合，並且出版成書。

眼睛耳朵一齊來作詩

http://www.ubu.com/

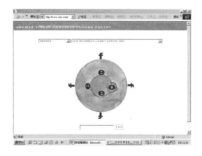

UBU.com是個標榜視覺與聽覺詩創作的網站。不囉唆！一上站你就會發現這個網站與衆不同的地方，因為每次上線歡迎你的門面都不大一樣。問題是接下來的逛法有點讓人丈二金剛摸不著頭腦。除了用下拉式選單選擇網站上提供的幾個選項外，建議你就隨便輸入些關鍵字，看看會出來什麼樣的結果吧！把導覽的任務交給你的眼睛耳朵，接受UBU給你的視聽刺激吧！ ■

Part III

看看今天的領帶上
寫了什麼詩

一見鍾情

辛波絲卡

Miłość od pierwszego wejrzenia

Wisława Szymborska

他們兩人都相信

是一股突發的熱情讓他倆交會。

這樣的篤定是美麗的，

但變化無常更是美麗。

Oboje są przekonani,

że połączyło ich uczucie nagłe.

Piękna jest taka pewność,

ale niepewność piękniejsza.

既然從未見過面，所以他們確定

彼此並無任何瓜葛。

但是聽聽自街道、樓梯、走廊傳出的話語——

他倆或許擦肩而過一百萬次了吧？

Sądzą, że skoro nie znali się wcześniej,

nic między nimi nigdy się nic działo.

A co na to ulice, schody, korytarze,

na których mogli się od dawna mijać?

我想問他們

是否記不得了——

在旋轉門

面對面那一刻？

Chciałabym ich zapytać,

czy nie pamiętają -

może w drzwiach obrotowych

kiedyś twarzą w twarz?

幾米推薦：辛波絲卡〈一見鍾情〉（原文提供：華沙貿易辦事處；譯文摘自《辛波絲卡詩選》，陳黎、張芬齡譯，桂冠）

幾米，插畫家，繪本作者。作品有《向左走，向右走》、《地下鐵》等。

當幾米在《地下鐵》的扉頁上寫：「獻給詩人」時，許多人問他，到底是獻給誰。他舉出完成《向左走，向右走》時的情況為例。當時他隨手翻閱到辛波絲卡的〈一見鍾情〉，當場「被嚇到了」。短短的幾句話，正是他想表

或者在人群中喃喃說出的「對不起」？　　jakieś „przepraszam" w ścisku?

或者在聽筒截獲的唐突的「打錯了」？　　głos „pomyłka" w słuchawce?

然而我早知他們的答案。　　-ale znam ich odpowiedź.

是的，他們記不得了。　　Nie, nie pamiętają.

他們會感到詫異，倘若得知　　Bardzo by ich zdziwiło,

緣分已玩弄他們　　że od dłuższego już czasu

多年。　　bawił się nimi przypadek.

尚未完全做好　　Jeszcze nie całkiem gotów

成爲他們命運的準備，　　zamienić się dla nich w los,

緣分將他們推近、驅離，　　zbliżał ich i oddalał,

憋住笑聲　　zabiegał im drogę

阻擋他們的去路，　　i tłumiąc chichot

然後閃到一邊。　　odskakiwał w bok.

達的意境。幾米說他經常覺得自己絞盡腦汁，想要表達的東西，詩人卻可以在精簡的文字中準確傳達，因此他決定將《地下鐵》獻給詩人。他推薦給讀者的，也是當時令他「嚇到」的〈一見鍾情〉。

　　幾米描述自己在創作中，喜歡用場景烘托情緒，這樣的風格可能跟詩有點相近。他的作品當中，《地下鐵》跟詩是較爲接近的，整部作品是片段與意象的組合。幾米有意識地使作品中元素越來越少，避免過度繁複，好爲讀者留下想像的空間，與詩的可能。

有一些跡象和信號存在，
即使他們尚無法解讀。
也許在三年前
或者就在上個星期二
有某片葉子飄舞於
肩與肩之間？
有東西掉了又撿了起來？
天曉得，也許是那個
消失於童年灌木叢中的球？

Były znaki, sygnały,
cóż z tego, że nieczytelne.
Może trzy lata temu
albo w zeszły wtorek
pewien listek przefrunął
z ramienia na ramię?
Było coś zgubionego i podniesionego.
Kto wie, czy już nie piłka
w zaroślach dzieciństwa?

還有事前已被觸摸
層層覆蓋的
門把和門鈴。
檢查完畢後並排放置的手提箱。
有一晚，也許同樣的夢，
到了早晨變得模糊。

每個開始
畢竟都只是續篇，
而充滿情節的書本
總是從一半開始看起。

Były klamki i dzwonki,
na których zawczasu
dotyk kładł się na dotyk.
Walizki obok siebie w przechowalni.
Był może pewnej nocy jednakowy sen,
natychmiast po zbudzeniu zamazany.

Każdy przecież początek
to tylko ciąg dalszy,
a księga zdarzeń
zawsze otwarta w połowie.

花蓮

楊牧

那窗外的濤聲和我年紀
彷彿，出生在戰爭前夕
日本人統治臺灣的末期
他和我一樣屬龍，而且
我們性情相近，保守著
彼此一些無關緊要的祕密
子夜醒來，我聽他訴說
別後種種心事和遭遇

有些故事太虛幻瑣碎了
所以我沒有喚醒你
我讓你睡，安靜睡
睡。明天我會撿有趣
動人的那些告訴你

楊照推薦：楊牧〈花蓮〉（摘自《楊牧詩集Ⅱ》，洪範）

楊照，新新聞總編輯，小說家與評論家。著有《迷路的詩》等多部作品。

今年以來，楊照以一系列在報紙上的專欄，正面書寫「讀詩」作為一種美學經驗的種種。他回憶高中的時候，詩是與同儕間一種祕密的溝通儀式，透過文字戲劇性的內部轉譯，表達說不出口的深層感受。

但上了大學以後，他卻在時代氣氛下被教導，詩是可恥的、資產階級的東西，因此只能帶著罪惡感，私下

雖然他也屬龍，和我
一樣，他的心境廣闊
體會更深，比我更善於
節制變化的情緒和思想
下午他沉默地，在陽臺外
湧動，細心端詳著你
（你依偎我傻笑，以爲
你在看他，其實）他看你
因爲你是我們家鄉最美麗
最有美麗的新娘

現在是子夜，夜深如許
你在熟睡，他在欄外低語
他說：「你來，我有話
有話對你說。」我不忍心
離開睡眠中的你，轉側
傾聽他有情的聲音——
同我在戰後一起ㄅㄆㄇㄈ的
臺灣國語——黯黯地撫慰地
對一個忽然流淚的花蓮人說：

偷偷地閱讀。或許近年楊照頻繁處理詩的閱讀經驗，既是對少年時代的回顧，也是對詩的重新省察吧。

　　楊照認爲快樂的情歌難寫。楊牧這首〈花蓮〉，援用了文藝復興的婚頌形式，文中不能出現悲哀的字眼，因此在形式的限制下爲快樂做出了深刻的描述。詩中除了詩人自己，以及詩歌傾訴的對象——詩人的妻子，還出現了另一個角色——大海。海作爲詩人的alter ego，是詩人理想形象的對照。面對大海訴說著對妻子的愛情，使得整首詩更爲寬廣，更有深意。

「你莫要感傷，」他說
「淚必須爲他人不要爲自己流」
海浪拍打多石礁的岸，如此
秋天總是如此。「你必須
和我一樣廣闊，體會更深：
戰爭未曾改變我們，所以
任何挫折都不許改變你」

有些勸告太嚴肅緊張了
所以我沒有喚醒你
我讓你睡，安靜睡
睡。明天我會撿有趣
動人的那些告訴你

我要你睡，不忍心

喚醒你，更不能讓你看到

我因爲帶你返鄉因爲快樂

在秋天子夜的濤聲裡流淚

明天我會把幾個小祕密

向你透露，他說的

他說我們家鄉最美麗

最有美麗的新娘就是你

有一個地方

E.E.康明思

在一個我從未涉足的地方，一個令人喜於造訪、遠在

任何經驗之外的所在，你的雙眼擁抱著自己的沉默：

在你最脆弱的姿態中，藏著那些緊裹著我的種種，

或是那些因爲太近、以致我無法碰觸的東西，

你最不經意的眼光就能輕易的舒張我

雖然我已如手指般握緊了自己，

你總是把我一瓣一瓣的開啓，如春天開啓

（一邊熟練的、神祕的碰觸著）她的第一朵玫瑰

廖咸浩推薦：E. E. Cummings〈somewhere i have never travelled〉（原文摘自*Complete Poems 1904-1962*, E. E. Cummings, ed. by George J. Firmage. Liveright Publishing Corporation. 廖咸浩譯）

廖咸浩，美國史丹福大學文學博士，台大外文系主任。著有《愛與解構》等書。

廖咸浩當年就讀台大外文系時，曾經參與台大現代詩社的創立。他提到詩是許多人年輕時第一次嘗試的寫作形式，但堅持寫下去的人很少。成年之後，現實太多，想像太少，在社會化與規律的生活中定了型，喪失詩

somewhere i have never travelled

E. E. Cummings

somewhere i have never travelled, gladly beyond

any experience, your eyes have their silence:

in your most frail gesture are things which enclose me,

or which i cannot touch because they are too near

your slightest look easily will unclose me

though i have closed myself as fingers,

you open always petal by petal myself as Spring opens

(touching skilfully, mysteriously)her first rose

所需要的、非常intense的經驗，詩也就隨之消失。

　　廖咸浩推薦了一首E. E. Cummings的情詩，這首詩曾是伍迪・艾倫的電影《漢娜姊妹》中的關鍵文本，與E. E.
Cummings慣來的風格迥異，獨特的抒情方式中帶有一種特異的柔美。詩人形容愛欲的對象，既接近又無法碰觸，
既脆弱又力量強韌。春天、花朵、雪、手掌等，這些簡單的隱喻與意象，在詩人的重組之下，變得獨樹一幟。緊
張而封閉的詩人心靈，也在愛人眼神下慢慢地舒緩開來，如同春天打開了它的第一朵玫瑰。

或者，如果你想關閉我，我和

我的生命必會優雅的、迅即的合攏

一如這朵花——當她的心想像著

雪在四周小心翼翼的落下了：

我們在這個世界所感知的一切，無一能夠企及

你那強烈的脆弱所具的無上力量：那質地

以它眾多王國的無窮色彩使我無法抗拒，

每一次的呼吸都傾吐出死亡與永恆

（我不知道是什麼使你能如此隨心所欲的關閉

與開啟：不過我心中不知何以卻已了解

你雙眼的聲音比所有的玫瑰都要深沉）

任何人，甚至雨，都沒有這麼細小的雙手

or if your wish be to close me, i and

my life will shut very beautifully, suddenly,

as when the heart of this flower imagines

the snow carefully everywhere descending;

nothing which we are to perceive in this world equals

the power of your intense fragility: whose texture

compels me with the color of its countries,

rendering death and forever with each breathing

(i do not know what it is about you that closes

and opens; only something in me understands

the voice of your eyes is deeper than all roses)

nobody, not even the rain, has such small hands

髮

波特萊爾

哦！捲至頸上的羊毛般的濃髮！
哦！環形鬈髮！裝滿懶散的芬芳！
令人陶醉！爲了今晚這間幽室內
充斥著睡臥此髮叢的回憶，
我把它像手絹般在空中輝揚！

沮喪的亞洲和灼熱的非洲，
所有遙遠的近乎消失的世界，
均活在妳深邃的芳香之密林！
如同別人在音樂中浮沉，
我，吾愛！浮沉於妳的芬芳上。

La chevelure

Charles Baudelaire

Ô toison, moutonnant jusque sur l'encolure !
Ô boucles ! Ô parfum chargé de nonchaloir !
Extase ! Pour peupler ce soir l'alcôve obscure
Des souvenirs dormant dans cette chevelure,
Je la veux agiter dans l'air comme un mouchoir !

La langoureuse Asie et la brûlante Afrique,
Tout un monde lointain, absent, presque défunt,
Vit dans tes profondeurs, forêt aromatique !
Comme d'autres esprits voguent sur la musique,
Le mien, ô mon amour ! nage sur ton parfum.

蔡淑玲推薦：波特萊爾〈髮〉（譯文摘自《惡之華》，莫渝譯，志文）

蔡淑玲，美國威斯康辛大學博士，淡江大學法文系副教授。

蔡淑玲在讀詩時特別重視文字的連結。她形容字就像是做衣服的材質，在不同的人手中會有不同的連結
方式。有人將蓄絲連結到雪紡紗、到絲綢；有人卻偏把蓄絲接上牛仔布、金屬環。在文字與意象的串接
中，誕生的正是詩的藝術。

我要到樹和人充滿著活力，　　　　J'irai là-bas où l'arbre et l'homme, pleins de sève,

高熱氣候下長期昏迷的地方；　　　Se pâment longuement sous l'ardeur des climats ;

強韌的髮綹變成攜我走的巨浪！　　Fortes tresses, soyez la houle qui m'enlève !

烏木的大海，妳包容了帆檣、　　　Tu contiens, mer d'ébène, un éblouissant rêve

槳手、船旗和桅杆組成的美夢：　　De voiles, de rameurs, de flammes et de mâts :

燦爛的港口，那兒我的心靈　　　　Un port retentissant où mon âme peut boire

暢飲著洶湧而來的色、香、音：　　A grands flots le parfum, le son et la couleur ;

那兒，船隻在金色與波光滑行，　　Où les vaisseaux, glissant dans l'or et dans la moire,

伸張巨大臂膀，想擁抱　　　　　　Ouvrent leurs vastes bras pour embrasser la gloire

永恆熱流擺頤的清流天空之榮耀。　D'un ciel pur où frémit l'éternelle chaleur.

　　蔡淑玲認為波特萊爾這首詩，每個字之間的連結，包括它們的方向與選擇，都透露出一種質感。頭髮的意象不斷地邅嬗，從希臘神話中力量來自長髮的巨人歌利亞，到女人的頸項，到深淵、海洋，而一路下沉，陷落詩人幽深的回憶。波特萊爾的詩從觸覺、香味、視覺到動作一連串的連結轉化，呈現出感官經驗的錯綜。意象看似毫不相干，卻又相互滲透，正如頭髮的綿延，讀者浸淫在五感的開展，同時也參與了詩的創造。

我將把醉了的多情腦袋沉埋於

容納過別人的這個黝黑海洋；

而我靈敏的心思，受到愛撫橫搖，

會懂得重新發現妳，豐盈的安閒！

悠閒地散溢香氣的無止搖幌！

青絲，搭張黑暗的營帳，

妳還給我浩瀚而圓的穹蒼；

在妳髮綹彎曲的汗毛邊緣，

我熱情地沉醉於混合

椰子油、麝香和瀝青的香氣。

Je plongerai ma tête amoureuse d'ivresse

Dans ce noir océan où l'autre est enfermé ;

Et mon esprit subtil que le roulis caresse

Saura vous retrouver, ô féconde paresse !

Infinis bercements du loisir embaumé !

Cheveux bleus, pavillon de ténèbres tendues,

Vous me rendez l'azur du ciel immense et rond ;

Sur les bords duvetés de vos mèches tordues

Je m'enivre ardemment des senteurs confondues

De l'huile de coco, du musc et du goudron.

長久！永遠！我的手在妳濃密長髮內
將散播紅寶石、珍珠和碧玉，
好讓對我的慾望，妳絕不會充耳不聞！
你不是我夢中的綠洲，和
我渴望品酌回憶之酒的葫蘆嗎？

Longtemps ! toujours ! ma main dans ta crinière lourde
Sèmera le rubis, la perle et le saphir,
Afin qu'à mon dèsir tu ne sois jamais sourde !
N'es-tu pas l'oasis où je rêve, et la gourde
Où je hume à longs traits le vin du souvenir ?

安那其（男性的苦戀）

夏宇

怎樣我又攔來到昔日苦戀的港邊

找尋我美麗的安那其風吹微微

再想再想也是伊

枉費半生思索

性命本體與生活表相之差異

多少時空的逆旅又來到

我蒼白的青春熱烈的安那其

羅智成推薦：夏宇〈安那其（男性的苦戀）〉(摘自《腹語術》，夏宇，現代詩季刊社)

羅智成，詩人，作品有《光之書》、《寶寶之書》、《擲地無聲書》、《黑色鑲金》等多部詩集。

羅智成的詩是許多人的推薦詩，但他也是個挑剔的讀者。他曾在一篇題爲〈讀詩〉的文章中寫道：「對詩，我是苛求的。原先，這是創作者眞誠的自我期許。但是，作爲一個鑑賞者時，我依舊無法拋開原先嚴厲的要求。至少，我不能欣賞一個基本動作不好的演出。」

我詭異的安那其運命是彼日的 惘然惘然的安那其今日純情
酒場還是今宵港都寂寞的雨 怎堪明日海上的風雨怎樣我又攔
爲著前程放捨的 來到昔日談情的樓窗
安那其秋夜月暗暝船螺聲響 看見我虛幻的安那其
穿透滴血的心肝我 風吹微微再想再想
飄零的安那其 也是伊

註：寫歌維生數年
我知道我寫不出像〈港都夜雨〉
〈魂縈舊夢〉這樣的歌
拾些牙慧，向老歌致敬。
縈，唸一ㄥˊ，但白光唱成ㄖㄨㄥˊ。

　　不過，當我們請他爲讀者推薦一首詩時，他倒是很乾脆地推薦了夏宇〈安那其（男性的苦戀）〉。羅智成認爲這
首詩顯現了夏宇一貫的機智。特殊的語言與語法，造就出一種獨特的美感經驗。夏宇狡獪地結合了台灣本土歌
謠，與十九世紀激進的無政府主義運用的語言，創造出屬於夏宇特有的唯美主義觀，與個人無政府主義的浪漫顛
狂。

將進酒

李白

君不見黃河之水天上來，奔流到海不復回？

君不見高堂明鏡悲白髮，朝如青絲暮成雪？

人生得意須盡歡，莫使金樽空對月！

天生我材必有用，千金散盡還復來。

烹羊宰牛且爲樂，會須一飲三百杯。

岑夫子，丹丘生，將進酒，杯莫停！

與君歌一曲，請君爲我傾耳聽：

楊渡推薦：李白〈將進酒〉

楊渡，中時晚報總主筆，著有《兩三個朋友》等書。

楊渡，任職記者時代長期關注社會運動，並從對人性的深層關懷，迴身從事詩與散文的創作。

楊渡認爲詩講求的是精準——既要求聲音的精準，也訴諸形象的精準。有的時候，詩人難免會爲了捕捉意

鐘鼓饌玉不足貴，但願長醉不用醒：
古來聖賢皆寂寞，惟有飲者留其名：
陳王昔時宴平樂，斗酒十千恣歡謔。
主人何爲言少錢？徑須沽取對君酌。
五花馬，千金裘，呼兒將出換美酒，
與爾同銷萬古愁！

象而犧牲音韻，或是爲了求韻律的統一而犧牲意象的連貫。李白的這首〈將進酒〉，則在聲音與意象兩方面都有
「超水準」的演出。詩中文字、韻律的一致性，令讀者在閱讀時，產生一種酣暢淋漓的痛快感受。

二度降臨

葉慈

The Second Coming

W. B. Yeats

迴旋復迴旋，於愈益擴大的漩渦

獵鷹聽不見放鷹的人

一切都崩落，再無核心可以掌握

只剩下混亂，漫溢世間

血色的暗潮，漫溢四方

純眞的慶典已經沉沒了

最好你沒有信念，最壞

你還充滿激情的狂烈

Turning and turning in the widening gyre

The falcon cannot hear the falconer;

Things fall apart; the centre cannot hold;

Mere anarchy is loosed upon the world,

The blood-dimmed tide is loosed, and everywhere

The ceremony of innocence is drowned;

The best lack all conviction, while the worst

Are full of passionate intensity.

南方朔推薦：葉慈〈二度降臨〉（楊渡譯）

南方朔，新新聞總主筆，政治與文化評論家，著有《語言是我們的居所》等多部作品。

向來在公共事務領域中發言的評論家南方朔，最近出版的新書《給自己一首詩》，轉而回到個人的讀詩

經驗。他在書中主張詩是拯救人們感性的良方：「在這個愈來愈冷漠疏離，而各種低俗的煽腥也愈益增加

想必有某些啓示到來　　　　　Surely some revelation is at hand;

想必有二度降臨到來　　　　　Surely the Second Coming is at hand.

二度降臨，多難說出的字眼　　The Second Coming！Hardly are those words out

當精神宙宇的龐然大形　　　　When a vast image out of Spiritus Mundi

攪住我的視線，在沙漠的塵埃之中　Troubles my sight: somewhere in sands of the desert

一形影，有獅的身軀人的頭　　A shape with lion body and the head of a man,

一凝視，空洞而無情如陽光　　A gaze blank and pitiless as the sun,

正移動著緩慢的軀殼，週邊是　Is moving its slow thighs, while all about it

的時代，人們對細膩事務的感受能力已趨退化，只有好的詩，還能喚起感性的新生。」

　　南方朔推薦給讀者的是愛爾蘭詩人葉慈的〈二度降臨〉，詩中描述的混亂，正可反應台灣的現狀—— 一個失去核心價值(core value)的時代。

憤怒的沙漠鳥群，捲動的陰影

黑暗又滴落了，然而我已知道

二十個世紀，頑石般的長眠

已經讓擺動的搖籃盪入夢魘

那是什麼畜生？它的時間終於到來

淫淫靡靡的走入伯利恆，等待出生？

Reel shadows of the indignant desert birds.

The darkness drops again; but now I know

That twenty centuries of stony sleep

Were vexed to nightmare by a rocking cradle,

And what rough beast, its hour come round at last,

Slouches towards Bethlehem to be born?

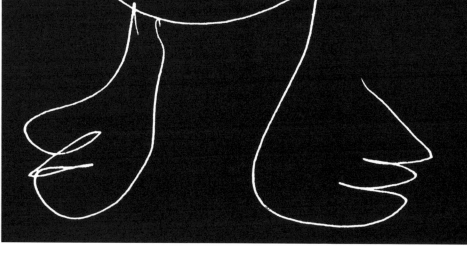

Part IV

揹著降落傘
跳到隔壁的書架

馬奎斯
小說裡的詩意和想像魅惑

文/鍾文音

在小說中展現詩意和詩之時間空間魅惑魔幻者，當屬馬奎斯 (Garcia Marquez)最令我心動。馬奎斯的詩意不在對稱、聲韻、體式或是節奏，他的文句閃爍的是詩的意象、韻味。那些也許連馬奎斯都不自覺是詩的句子，拉長挖深且攀高了想像的迷宮，那看似簡單的句子卻有著悠遠深邃的人生的重量，滲透著強而有力的渲染感，有時讀著心頭會濛起一種模糊的悲哀。

詩般流動的時間感

「許多年後，當邦迪亞上校面對行刑槍隊時，

沒有詩意緩衝過場、缺乏如霧中風景和美感氣氛的背景襯底的小說，通常都會讓我難耐一讀。設若故事裡有詩之意韻者，幾乎我都會愛上這類小說。

他便會想起他父親帶他去找冰塊的那個遙遠的下午。」開頭首句即敲下一個百年大宿命的大孤寂氛圍。鏡頭倒敘，一個上校，面對行刑槍隊，他想起父親、冰塊和那個遙遠的下午。

關於詩境處理的時間感，馬奎斯出現「下午」的頻率很高。「他一生都忘不了那個下午，他看見那個人靠窗而坐，從窗子射入的顫動的光帶著他那深沉的聲音，照亮了想像力所能達到的最深沉黑暗的地方，他額頭的油垢汗漬沿兩鬢順流而下。」

「那條路只通往過去的地方，因此他不感興趣。」時間的詩意再次出現。接著後面幾頁馬奎斯寫道：「這時他內心產生一種神祕而又絕對的感覺，尋根到他自己的童年那段時光去，再去發掘他不曾探測過的記憶的領域。」

行行復行行，反反又覆覆，馬奎斯編織串聯著人生的孤境，以一種詩的絕對性來鋪展故事流動的時間感。「這個城鎮已經陷入無可挽回的遺忘流沙之中。」 在他《百年孤寂》的故事時間處理上，是冗長繁複且幻影幢幢的史詩語言。他藉由人的非凡長壽和各種奇異病症來描述時間在人身上所發生的作用力。「這些老祖宗就像幽靈般在臥室裡蹣跚而行，嘴裡喃喃回憶著往事，沒有人理睬他們，也沒有人想起他們，直到有一天，發現他們真的已經死在床上。」

「裡面住著一些具有枯萎的花朵的那種氣味的

馬奎斯

單身女人。」以花朵氣味的間接詩意來描述時間流逝在一個單身女人的縐摺感，而不直接陳述單身女人的年紀，這即藉詩的隱晦表現處，此類句子在馬奎斯的小說語言裡處處可見。

在氣味的描述上，馬奎斯更是擅長詩意的運用。「他把積存的鬱悶拋諸腦後，發現心中的莫氏柯蒂已變成一個無邊無際的沼澤，有野獸與新燙過的衣服的氣味。」「他的呼吸具有睡眠中的動物那種氣息。」「屍體開始發出青色的磷光。並且嘶嘶發響，弄得滿屋子都是氣味難聞的煙霧。」「他知道這不是他在等著的那個女人，因為她沒有那種煙味，卻有花露水的香氣。」

《百年孤寂》，「命運」是一大主題。「那隻手的同一個手指上戴著兩只戒指，差一點觸落在黑暗的地上。他能感覺到她的筋脈和不幸的脈動；她的手掌濕濕的，在靠大拇指底部的生命線已被死亡的利爪割破。」

馬奎斯小說裡常出現下雨的場景，下雨通常意味著生命的沉滯或改變。「在他們赴墳地途中，天下著小雨，阿克迪亞看見地平線上露出星期三黎明的燦爛光芒。他對家的思念隨著晨霧消散，一股很大的好奇心卻代之而起。」在這段句子裡，最富詩意的當是地平線上露出星期三黎明的燦爛光芒，「星期三」在這裡不是時間，而是一種氛圍的抒情，一種堆疊意象的手法，從地平線堆到星期三，星期三到黎明，黎明至燦爛光芒。

這已是結構非常完善的詩語。

關於「地平線」，馬奎斯還在書中寫過一個超

意象詩句：「夫婦木然在豔陽下，望著火車與黑色地平線交疊在一起，這是他們婚後第一次挽著手。」

在雨的描述裡，馬奎斯在《百年孤寂》的最後幾篇章，以一種無法無章的頑強來述說在雨季裡討生存的馬康多居民，「雨一連下了四年十一個月零兩天」，為什麼是四年十一個月又零兩天，而不是一連下了五年或是半把個月？說來這文句其實也是一種堆疊的詩法，人們在閱讀時只會感受到這雨的冗長綿密，甚至還可聞到一種發霉的氣味，誰管雨究竟下的天數。四年十一個月零兩天，真實天數並不會比五年多，但在文字的氣味上，四年十一個月零兩天力道絕對比平鋪直敘地寫五年來得強。堆疊的字點明雨的濃稠，這是馬奎斯極擅長的手法。

數字魔魅加深詩意刻度

在他的短篇傑作選裡的〈星期六後一天〉，更是充斥著數字所堆映的時間流動。「他一個星期有兩次坐在懺悔室裡，但是許多年來沒有人去懺悔。」「而後，他什麼都忘了，忘了屋子裡的濕氣，忘了色慾，忘了邦迪亞上校身上難以忍受的子彈火藥味，他意識到，從這個星期開始以來，有一個異常的事實在他週遭發生。」「半個多世紀後他看到幾隻禿鷹在一個荒涼的城鎮上，他想起坐在他前面的院長憂鬱的表情，黃昏是一片深紅色，他的呼吸在不知不覺中加快。」「那像是遙遠而模糊的夢，這個夢直到那個下午尚未完全醒來。那個下午是指禮拜天四點過後不久，他完成

了一次頗具影響力的講道。八個小時後，他被叫去為一個女人作臨終塗油禮。」

「曾有過一百四十個車廂滿載水果，永遠走不完似的從那裡經過，直到天很晚了，最後一列車廂上有人提著一個綠色的燈籠顛顛晃晃地過去了。」

同樣地以數字作篇名的〈星期二晌午〉，馬奎斯寫道：「到十二點的時候開始熱起來了。火車在車站停了十分鐘加水，這個車站沒有城鎮。外邊是大片農地，神祕的寂靜，陰影顯明不暗。但是車內靜寂的空氣聞起來像未鞣過的生皮。」

巨細靡遺地寫時間，我想馬奎斯重點是在一種類似電影慢鏡頭、長鏡頭的處理，有點像詩般的過場。「她給她一片奶酪、半塊米糕和一塊餅干，她也為自己從塑膠袋裡取用了同等份量的食物。她們吃著的時候，火車慢慢地越過一座鐵橋和一個城鎮。」

數字在各式各樣的篇章出現。「事情是在上個禮拜一發生的，清晨三點，就發生在距離這邊不遠的幾排房屋的地方。一位孤單的寡婦莉比卡住在一個堆滿了雜物的房間裡，從淅瀝的雨聲中聽到有人想從前門破門而入。」其實故事發生，在禮拜一或是其他日子，抑或是在清晨三點或管他幾點的，讀者根本不會在意，而馬奎斯卻如此精心地寫，這除了是為了個人文句風格的塑造外，經營如此細膩的數字究竟意味著什麼？我覺得只能用「詩」的緩慢性格來祭典出人物內在肌理的浪漫與現實的對抗，這種文句是一種表面看似簡單平凡卻有一種細數從頭的惘然。

在〈大媽媽的葬禮〉開頭，馬奎斯一開始即展現數字魔魅，「她活了九十二歲，在去年九月的一個星期二，死於神聖的氣氛中。」在〈沒有人寫信給上校〉的歲月惘然，完全以長而空白的幻滅等待來描述上校的心情。特別是結尾「他生命中的二十五年，一分一秒地過去……而到達了這個時刻。而這個時刻，他覺得已是單純而明顯地無法可想了，於是他回說：

「『狗屎。』」

「狗屎」且要另起一段才夠勁爆，勁爆中彈射出二十五年光陰的無情，嘩嘩啦啦地如流向不可知的明天。至此，我完全明白，數字是史詩裡重要的元素之一。

〈這些日子中的一天〉，也是一篇以數字呈現故事時間裡的模糊詩性。

收錄於《異鄉客》的短篇小說〈十七個中毒的英國人〉，又是個數字當篇名的作品。「整個城市和擠在丘陵上的所有奇幻宮殿、彩漆老茅舍都在十一點鐘的豔陽下燦然浮現了。」十一點鐘，是個可以省略的名詞，然而多了時間數字的描寫，畫深了詩意的刻度。和這一段詞有同等絕妙之境的是：「下午三點她房間的百葉窗關著，朦朦朧朧保留了密林的涼快與寂靜，正是大哭一場的好地方。」這一篇的結尾更是數字的集合：「然後她換上了寡婦的睡袍，仰臥在床上，念了十七次的玫瑰經，祈求十七個中毒而死的英國人靈魂能得到永遠的安息。」

「一共有十一個瑞典人，男男女女，看來都差不多；個個都很美，臀部窄窄的，留一頭金色的

長髮，很難分辨誰是誰。」（〈北風〉）

我發現，當一個同樣的數字以反反覆覆的姿態出現時，它已脫離了數字的真實性，而指向了一種隱含著詩味的虛妄性。

這也是小說裡詩寓言的弔詭處。

最感官的寫景魅力

「大雨下了兩個月後，雨聲變成另一種寂靜。」「再乾燥的機械只要三天不上油，就會浮起泡沫；錦緞的絲綿也腐蝕了；濕衣服很快就會生出一層紅色的蘚苔來；空氣潮濕得居然魚類可以從門口進屋，由窗口游出去，且可在室內的空氣中浮游。」

「她老了，全身只剩皮包骨，她那漸漸變細的眼睛，就像食肉動物那樣，因為望雨望得太多而變得哀傷而柔馴了。」

望雨望得太多而變得哀傷而柔馴了。這是最感官最動人的寫雨魅力。

「他路過之處，只見鄉親父老手臂交疊著坐在客廳裡，眼神茫然空泛，感受著無情漫長的時光在消逝，在只能看雨，而什麼事都不能幹的時候，根本不必去分年份和月份，也不必把一天分成多少個小時。」

漫長的雨季沖刷著人們的肉身流年與輪廓，小說裡雨的寂靜模糊與華麗意象，以及大雨漫泗地侵入了人們的記憶版圖與身軀的緩緩氣味，馬奎斯簡直比詩人還詩人地把雨發揮得入木三分。他且寫道大雨削弱了邦家末代席甘多的樣貌：「紅光滿面的烏龜臉已變成大蜥蜴的乾瘦面龐。」

以擬昆蟲手法來對映人肉身的荒謬，讓人對漫長無止盡的大雨時光感到一種豪奢遠逸的茫茫無措。

運用昆蟲繁殖或是寄生的意象，在馬奎斯的小說裡亦多處可見。在他的小說王國裡，似乎永遠飛著莫名的白蟻，蛀蟲的幻滅氣息，還有鬥雞、貓兒等動物。「席甘多活埋母雞六個月後，半夜裡咳嗽咳醒來了，覺得體內好像有隻螃蟹在鉗著他。」「有時他會找個沒有人看見的空地坐下來休息，等體內的魔爪慢慢放鬆。」

等體內的魔爪慢慢放鬆。又是詩句閃爍在小說的閱讀裡，讓我似也跟著萌生一種被寄生了什麼之感。至於運用動物的比喻手法，我覺得在他的短篇小說〈流光似水〉裡有一段很美的想像詩句描繪：「他們把公寓注滿了深達兩尋（約十二呎）的金光，像溫馴的鯊魚在床鋪等家具底下潛游，從光流底部打撈出不少幾年來迷失在黑暗的東西。」

關於身體，馬奎斯曾寫過：「禿禿的頭上有幾許黃髮，兩隻大眼睛依然美麗，只是那最後一線希望的光芒已經熄滅，皮膚佈滿孤寂的皺紋。」

孤寂，馬奎斯慣用形容的字眼，但我覺得以孤寂形容皺紋，無疑是最蒼涼的形容。在「孤寂」一詞的運用裡，馬奎斯還寫過一句詩般的語言：「他只知道金色晚年的祕訣在於與孤寂結上光榮的誓盟。」

「所有的善行、所有的過錯，以及這個城鎮的痛苦都貫穿了他的心，這時他吸進一大口公雞喚醒的青灰潮濕的空氣。而後，他環顧他的周圍，

就好像孤寂在作自我安慰。」

「她骨頭的磷光似乎就要穿透皮膚而出。」這亦是小說在寫身軀蒼衰的經典詩句，骨頭磷光穿透皮膚，超寫實的魔幻詩體。「她憂悶得厲害時，總是發出沸水般的聲音。」沸水在體內嘶嘶響，除了氣味的魔幻運用，聲音的魔幻也是馬奎斯小說語彙裡高度出現的。

「性器官像火雞脖子下的垂肉。」這種對人物的形容，簡直是形象呼之欲出的視覺詩。

「在黎明的平靜微暗中，他看到走廊上有一隻、兩隻、三隻死鳥。」一隻、兩隻、三隻死鳥，若是直接寫有三隻死鳥，就大大少去了詩的鋪陳延展特性了。

對靈魂執拗的呼喚

早年馬奎斯的作品充斥著革命的無情與歲月的浪蕩，馬奎斯晚年溫情多了，看看他寫的〈睡美人與飛機〉：「我仔細看她，一吋一吋，看了好幾個鐘頭，發覺她額上偶爾掠過作夢的痕跡，像雲影掠過水面，這是唯一的生命徵兆了。」我讀著每每會不自覺摸摸額上，想要感受一種偶爾掠過的作夢痕跡。

「他比離家時高大、蒼白、瘦削，開始表現出抗拒鄉愁的徵兆。」

身體表現出「抗拒鄉愁的徵兆」，我們不知道抗拒鄉愁的徵兆是什麼，但卻淡淡感受到那種似乎被大水長期浸泡過的蒼白感在無邊蔓延著，馬奎斯的小說語言至此達到了詩最擅長的「模糊」性，也因此特別耐讀，幾乎隨時都要準備被他那想像的尖銳刀鋒劈到內心的幽晦底層。

餘如「他的臉色留著昨夜的一股喪氣」，也和抗拒鄉愁有異曲同工之妙。

有身軀就有靈魂和幽靈，幽靈通常也具現實人生般的命運與生命。「她追求寧靜而不可得，卻在這屋子裡透過對靈魂執拗的呼喚，使記憶中的事物具象出現，它們就像活人在她隱居的屋內行走，反使她得到了平靜。」對靈魂執拗的呼喚、就像活人在她隱居的屋內行走……，是我非常喜歡的句子，好像靈魂也長手長腳似的，有一種隱隱然不可言說的魅惑感流洩。

馬奎斯在長篇小說《百年孤寂》裡把雨的意象描述得如夢似幻，在短篇小說〈北風〉裡則把風的擬人詩味抓得頗牢。「那種風挾帶著發瘋的種子。」「我們都好渴望認識這種風，把它當作一個致命又誘人的訪客。」

最後我想選錄一段也是摘自〈北風〉的句子，這段詞句的詩語詩意是我心目中認為內在的馬奎斯寂靜心境，一種浪漫至深的情懷寫照，像一片悠遠的風景靜靜地懸掛在生命的地圖上。「過了午夜我們都同時醒來，感覺一種全然的寂靜如千軍萬馬壓在心頭，只有死亡的寂靜差可比擬。面山的樹上沒有一片葉子是不動的。於是我們在門房屋裡還沒開燈前走到街上，津津有味觀賞黎明前滿天星斗的天空，和磷光閃閃的海面。」

註：本文所選的句子若引號後未註明篇名，皆選自馬奎斯
　　的長篇小說《百年孤寂》。
■

有的小說家暗地裡偷偷寫詩，不敢發表。有的小說家認為寫詩不過是浪費稿紙的行為。無論如何，小說家經常將詩人偷渡到他們的稿紙上去，則是有目共睹的事實，其動機不一而足，或

小說中的
詩人德行

文／張惠菁

出於崇敬，或出於調侃，或者只是閒來無事開個無傷大雅的玩笑。且看詩人們曾經以何種面貌出現在我們閱讀的小說裡。

嚴謹的詩人

想像一位自律謹嚴的詩人，每天早上用冷水淋浴，再開始寫作，為藝術奉獻。作品是類似普魯士腓特烈大帝一生之類的敘事詩。他視藝術為戰爭，一種艱難的消耗戰，必須以克己的、嚴峻的、節制的生活來追求。他視這種生活態度為一種英雄主義的象徵。

這是湯瑪斯・曼在《威尼斯之死》中創造的詩人阿森巴赫。

當這樣一位詩人，踏上一趟意外的威尼斯假期，一切開始背離詩人心目中秩序與意志的世界。湯瑪斯・曼筆下的威尼斯「美麗得諂媚而令

人懷疑」。「這個城市半是優美的神話，半是使外國人墮落的地方，在那種墮落的氣氛中，藝術曾經有過窮奢極侈的繁榮，音樂家們受了這個城市的蠱惑，睡覺時都要用音樂來催眠。所有這些，對於在戀戀不捨中的阿森巴赫來說，眼睛裡盡是豐富的寶藏，耳朵邊盡是這種旋律的迴盪。他也知道這個城市是有毛病的，卻有如利慾薰心似地，加以掩飾住。」

一座美麗得逼近墮落邊緣的城市，正對應著詩人謹嚴節制的內心風景。威尼斯「有毛病」的美麗，終要使詩人的半生信念在美之前完全崩潰。他在威尼斯遇見了美少年達秋。開始拋棄慣常的自律，著魔般地追隨美少年的身影。

與美的化身相遇，使阿森巴赫英雄主義的藝術觀，以及長期以來他為自己經營的生活化為烏有。在小說最後，發病前的囈語中，他開始否認這種英雄式藝術家的可能，假借蘇格拉底的角色之口，發出他的體悟：「我們詩人是不可能賢明與威風的，我們必須誤入歧途，必須淫亂，必須參加感情的冒險。」

然而正當他開始宣告熱情在藝術中的位置，他熱情的對象——美少年達秋——也正在離他遠去。在那片不可橫亙的威尼斯沙灘邊，美少年給了老詩人最後一次瞻望的機會。老詩人眼前是假期結束，荒涼的海灘。咫尺之外的少年可望不可即，一如美之於詩人。

亢奮的詩人

這一切都發生得非常之米蘭・昆德拉——當昆德拉要創造一個詩人角色，他創造的絕不會只是一個孤立的詩人。如同他的其他小說角色，他

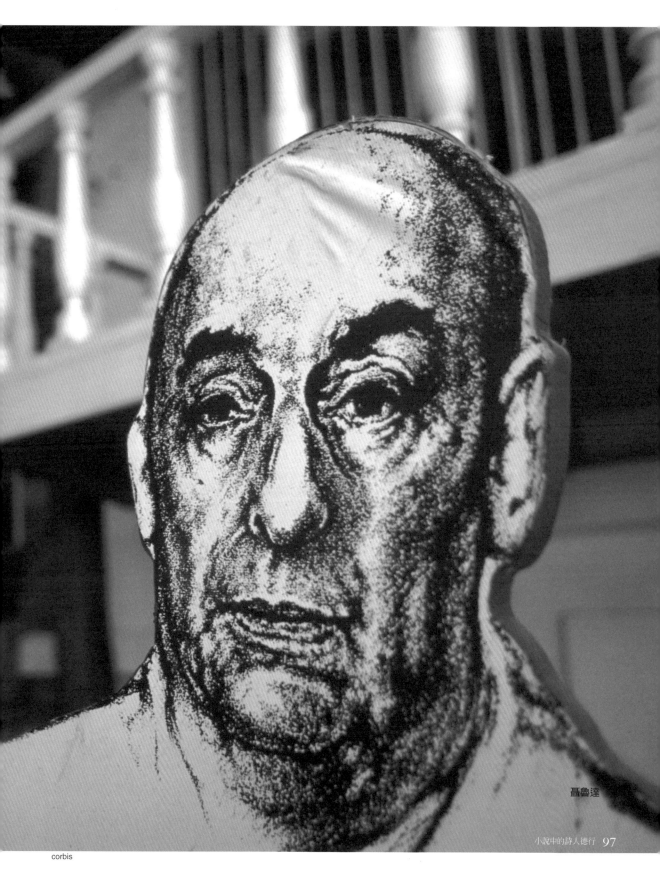

聶魯達

總是喜歡創造一個典型中的範例。於是我們有了雅羅米爾，《生活在他方》的男主角。他是個詩人沒錯，但也是昆德拉人類學式的小說企圖下的一個縮影。《生活在他方》寫詩，寫青春，寫革命，寫愛情，也寫這些品質背後某種共同的，一種昆德拉稱之為「抒情態度」的東西。雅羅米爾就是這「抒情態度」的典範。

雅羅米爾在母親的過度保護下長大，從小展現對語言的敏感與詩的才能。他的成長正和捷克共產革命重疊，成了一個詩的年代裡的詩人。他當然是青春的，同時也是不負責任的浪漫。在標語中亢奮，挑戰大師與權威。戀愛，充滿嫉妒與熱情地戀愛。他那純粹而盲目的理想性，終於使他的小女朋友陷入可怕的禍殃。

在狂熱的雅羅米爾背後，我們偶爾瞥見小說家昆德拉冷靜的臉。「對小說家來說，一個特定的歷史狀況是一個人類學的實驗室，在這個實驗室裡，他探索他的基本問題：人類的生存是什麼？」《生活在他方》中他架起革命的舞台，讓詩人雅羅米爾演繹一種特定的生存狀態：抒情詩的時代。

入世的詩人

《聶魯達的信差》裡的詩人形象，要有人味並且可愛得多。這是一個住在智利黑島漁民當中的諾貝爾獎詩人，被一個想寫詩的郵差煩不勝煩。這部小說後來改編成電影《郵差》，在全球各地上映且備受好評。大銀幕上聶魯達那個中年發福圓滾滾的身影，因而大為深入民心。

《聶魯達的信差》故事很簡單，環繞著黑島小人物馬利歐和大詩人聶魯達之間的友情展開。馬利歐每天唯一的工作是替聶魯達送信，看著詩人拆閱不完、來自世界各國的信件，馬利歐不禁油然而生與詩人接近之感。從而開始讀詩，開始戀愛，開始用他文法不通的方式與聞政治。

另一方面，詩人聶魯達從被郵差馬利歐瞎纏，到跟他交上了朋友，這個黑島上唯一的大人物也因此涉入漁民們的生活。他被迫必須為馬利歐追求女友的行為負責，跟女孩的媽媽交涉，因為馬利歐引的是他的詩——真是有史以來售後服務最好的詩人了。小說中的聶魯達一面涉入智利政治，一面幫馬利歐追女生，有一種入世的溫情。

值得一提的是，小說與電影的結局不大一樣。電影結束在許多年後，聶魯達於多年海外流亡之後再度歸來，從一只錄音機中發現郵差誠摯而忠實的友誼。當錄音帶播放出黑島的種種聲音，鏡頭特寫著聶魯達演員臉上的表情，一種瞬間悠然恍悟的神識。電影凸顯了大詩人聶魯達與小人物馬利歐的距離（聶魯達以詩人之盛名得以向世界發聲，馬利歐卻只能在小漁村裡聽任他的命運被決定），卻又讓他們相逢在那時空消泯的剎那，彌合時空的是馬利歐對詩人質樸純粹的善意。

小說的結束點則更殘酷一些。在智利爆發軍事政變後，聶魯達與政治夥伴們的理想被扼殺。重病的聶魯達衰老地被送出國境，馬利歐被祕密警察帶走，再也沒有回來。如果在電影中我們感覺詩人與小人物不同的命運，則斯卡米達為原著小說選擇的結局，相反地顯現兩人在政治壓迫下同樣的無力，與政治對詩粗魯的斲傷。

食慾絕佳的詩人

聶魯達顯然別具魅力，連馬奎斯都忍不住要

寫他一寫。在短篇小說〈賣夢的人〉(收錄在《異鄉客》)中，聶魯達的模樣像是文藝復興時代的教皇，高尚文雅，吃飯時圍上一條像是理髮用的大圍兜，以免弄髒衣服。聶魯達在小說中胃口奇佳，整整吃了三條龍蝦，一面眼睛還盯著別人的盤子看，把叉子伸過去分享幾口美食。

在這豐盛的午餐席中，小說的敘事者「我」(管他是不是馬奎斯本人)遇見了一位舊識，一位有占夢能力的女士。「我」邀請她談談她的夢境，不過詩人聶魯達卻置之不理，宣稱他不相信夢的預兆能力。

「只有詩具有洞察力。」詩人說。

不過當詩人在餐後睡了個午覺，卻在十分鐘之內就醒了過來。「我夢見那個作夢的女人。」小說中的聶魯達說，「我夢見她夢見了我。」

這段繞口令般的話，遇上的是當頭澆下的一盆冷水。「我」毫不容情地指出：「這是波赫士的話嘛。」

所以，馬奎斯這篇小說到底是想寫聶魯達，還是波赫士？可能是陷在波赫士迷宮中的聶魯達吧。

該藏拙的詩人

《聊齋誌異》中有位「以才名自詡，目中實無千古」的詩人王勉，平日說話善譏諷誚罵。有一天遇上一位道士，將他帶入仙境遊覽，不意闖入一地仙之家。油嘴滑舌的王勉一番自吹自擂，把主人唬得一楞一楞，連長女芳雲都許配給了他。

芳雲的才學比王勉更勝一籌，嘴巴也更壞一點。當王勉應在座仙人之邀，開口吟詩：「一身剩有鬚眉在，小飲能令塊磊消。」卻遭芳雲奚落：「上句是孫行者離火雲洞，下句是豬八戒過

子母河。」最後芳雲還給了夫婿由衷的建議：「從此不作詩，亦藏拙之一道也。」可憐的詩人終於遇上了剋星，還是老實安心過下半輩子，別再想作詩的事了。

斯文走狗的詩人

汪曾祺的短篇小說〈金多心〉也對詩人不大客氣。

這位清代文人金多心，乃是位風雅之士。早上起來喝喝碧螺春，念兩遍《金剛經》，便到花園裡負手巡視。就是惦念著一直想買的十盆素心蘭，可惜手頭不寬裕，否則早就買了來增添園子的風雅。

這一日揚州大鹽商程雪門邀宴，酒席間行起酒令，大家引經據典，說出的詩句，都得有「飛」、「紅」兩字。主人程雪門說一句「柳絮飛來片片紅」，引來滿座賓客評為「不通」、「杜撰」，程雪門當場下不了台，尷尬不已。

這時金多心不慌不忙站起身來，表明這詩確有出處，是一首元人的詩：「廿四橋邊廿四風，憑欄猶憶舊江東。夕陽反照桃花渡，柳絮飛來片片紅。」當場服倒眾人。其實鹽商真是胡謅的，不過金多心以其快捷的文采，成詩一首，為鹽商解圍罷了。事後金多心當然收到為數可觀的謝禮，買來十盆蘭花裝點他的風雅庭園。

汪曾祺在金多心這個角色上，塑造出一種清代文人的神韻。金多心與袁枚表面友善，私下卻暗罵對方為「斯文走狗」。一面自稱「一介寒士」，一面倒不忘把握機會，赴鹽商宴，找機會拉抬字畫行情。汪曾祺以深厚的說故事功力，輕易勾出一張文人相輕，自恃風雅的嘴臉。　■

電影與詩意

文／鴻鴻

　　我想在這裡談談電影裡的詩意，但這麼一來，首先得說明什麼是詩意，這就夠頭痛了。每個人對詩意的感覺不同，比如說，我從不覺得風中的落葉或大樓間的落日多麼有詩意，因為那已被文字和圖像陳述過一萬遍。詩意，我以為，最主要是一種新意，是一種鑑賞與感覺的眼光，一種將尋常事物錯置因而刷亮其存在的方式。舉例而言，拍攝一個人行地下道的光影變化，可能會勾起觀者心中悠長的思緒，但如果在一個地下道裡走一場熱鬧的服裝秀，對我而言可能更具強烈的詩意。因為這場所的尋常功能被改變了，因而我們看到了地下道──當它不再做為地下道的時候，我們也看到了服裝秀──當它不在伸展台發生的時候；兩者都更為鮮明起來。所謂「創造」，本來就意含顛覆──如果現有的一切是那麼令人滿意，那又何必創造新的作品？倡言電影是「詩的工具」的西班牙超現實主義導演布紐爾，就引用過恩格斯為小說家所下的定義來說明類似的概念：「打破真實社會關係的傳統表象，促使觀者對現存秩序的永恆性產生疑問。」用句批評術語來說，詩所製造的就是一種「陌生化」效果，這也是通常我們討論詩與散文在修辭策略上的分野。

　　近來最常被冠上詩意形容的就是希臘導演安哲羅普洛斯的電影。《尤里西斯生命之旅》可能是較為人熟悉的一部。片中有個場景，主角與一家人到城郊散步的時候，這家人忽然遭到軍隊逮捕，並立即在河邊被就地槍決。衝突這麼強烈的一場戲，導演怎麼處理呢？他卻用了一種詩的表現手法，那就是間接處理。他在畫面上什麼也沒呈現，只見一片白茫茫的濃霧，所有事件都在霧中發生，我們只聽到聲音，只能憑凌亂的腳步聲猜測他們被逮捕了，只能憑槍聲和落水聲得知他們被全數槍決了。這一設計當然有象徵上的用意，寓指這樣的事件是在一個蒙昧的時代、莫名其妙地發生，我們無法得知真相，甚至許多人就是這樣無緣無故從我們身邊「消失」了。全白的霧其實代表全然的黑暗，隔離了血腥，卻也遮掩了殘暴，更讓觀看的我們跟主角一起落入完全無能為力的狀態。而，當主角返回城市，一些人在霧中上演著《羅密歐與茱麗葉》；另一邊，一些樂手在演奏。透過一區區漸散的霧，我們彷彿在夢中的角落，看到一點點曙光。

　　這種詩意，建立在霧的象徵的不斷變化上，建立在可見與不可見的事物之間巨大的張力上，一種靠激發觀眾的想像力而成就的美感。霧雖迷離，意義卻是清晰可辨的。另一位大師，義大利導演安東尼奧尼拍攝的《一個女人的身分證明》，則有另一場教人印象深刻的霧。片中男女主角駕車出遊，道路上大霧瀰漫，無法前行，女人要男人停車，男人不肯，還險些撞上對面來車。女人掙扎下車向前跑去，消失在霧中。前方傳來混亂的腳步與叫嚷，似乎有人開槍、有人打架、有人跳進河裡。男人下車找不到女友，回來時發現她已經回到車上，兩人沒多說什麼，繼續上路。

安東尼奧尼

自始至終觀眾都和男主角一樣不知發生了什麼事，沒人追問也沒再交代，一如兩人互相隔閡的情感狀態。具體一點說，這霧是存在於他們兩人之間也不為過。不像安哲羅普洛斯的欲蓋彌彰（這用語在此並無貶意），激發想像的目的是揭開霧中事件的謎底，安東尼奧尼則更撲朔迷離：真相曖昧不明，逼觀眾不得不為這段情節尋找別的解釋。對眼見耳聞的事物（霧中的事件）不加解釋，卻可用這不加解釋的事物去解釋抽象的情感關係！詩，就在於這些以虛喻實、以真作假的張力中產生。

然而然而，詩意，不是源於自然純真的感受嗎？落入辯證思維之中豈不是大煞風景？──我的意思是，霧，當然是美的，詩意的產生，也是很自然的，但如何催生這自然的詩意？回到那個風中落葉的比喻：詩意無法來自詩意的重複，也就是說，「不要追求詩，它自己會從接縫（省略處）滲入。」這句話，可是法國導演布烈松說的。所謂接縫，指的就是兩個不同事物或意念拼貼、撞擊產生的微妙對立。在電影草創的年代，蒙太奇理論就已經釐清了這一點：前後鏡頭的連接可以像砌磚一樣，用邏輯的推演，一步步累積，這是我們習見的散文化敘述；但也可以在構圖、線條、明暗、動靜、遠近等等元素造成彼此衝擊、對比、互喻的關係，這就是詩的蒙太奇。

詩意蒙太奇的概念不只發生在鏡頭連接，每個鏡頭之內的元素也可能達成對位效果。舉個例說，另一位影像如詩的俄國導演塔可夫斯基，在他的《鄉愁》結尾，流浪義大利的俄國人安德烈坐對記憶中家鄉的草原，身邊是兒時養的狼犬，身後是兒時的房子；鏡頭慢慢拉開，我們才發現這片草原是包含在異鄉廢棄的無頂教堂四壁之間。這個畫面包納了過去與現在、心象與外象，將主角身在異鄉、心在家園的主題，做了完美的一體呈現。

事實上，我以為詩意並非獨立割離的存在，相反的，它乃是一切藝術的核心，並與不同媒介

《臥虎藏龍》

的表現特色相輔相成。電影做爲意義與訊息最爲豐饒的媒介，具有更大的表現空間，詩意與散文化的敘述經常可以互相爲用。當《臥虎藏龍》的大俠李慕白和玉嬌龍踩在竹林頂梢過招對話時，其實就蘊藏著抒情韻致（超現實的輕功想像、瀟灑的姿態、情愫微妙流動的隱喻）和敘事張力（兩人的敵對與決鬥狀態）的同時並陳，那是這部電影戲劇性強烈的一幕，卻也是極富詩意的一幕。以攝影爲基礎，電影固然是最具現實感的藝術，但是因爲詩意的潛在概念，電影才腳尖一踮，輕輕飛了起來。　　　■

所謂「詩歌不分家」，詩既為一種有韻律感的文體，自然容易與歌相輔相成，然而放眼歌壇之中，稱得上詩人的卻寥寥可數，李歐納·柯恩（Leonard Cohen）就是其中一位。有人稱他為「搖滾樂界的拜倫」，和其他幾位具詩人特質的創作歌手比起來，柯恩沒有傳奇的Jim Morrison那樣迷幻

搖滾樂界的拜倫
Leonard Cohen

文／羅珊珊

頹廢，也不似龐克女王Patti Smith的叛逆敏感，更不同於Chris de Burgh的優雅華美，或Bob Dylan的任重道遠，柯恩就是柯恩，一顆總在深思的老靈魂，一縷總在愛戀的孤獨男聲，一個不愛穿牛仔褲的老嬉皮，他的歌與詩，看似平淡質樸卻十分耐嚼。

看看唱片封面的柯恩，有人說像達斯汀·霍夫曼，有人說像艾爾·帕西諾，彷彿洞穿一切的眼神，儼然一副過分沉鬱的個人主義者形象。這位搖滾詩人於1934年生於加拿大的蒙特婁，大學時主修英國文學，畢業後繼續從事詩與小說的寫

作，因此詩人對柯恩而言不只是形容詞而已，他前後共出版了八本詩集與兩部小說，其中小說《美麗的輸家》（*Beautiful Loser*）還曾被評為六〇年代的經典作品。他在搖滾樂的起步不算早，雖然年少輕狂時為了要炫而玩過音樂，不過也僅止於「玩玩」而已。二十五歲左右開始嘗試將自己的詩作改為歌曲，不過一直要到1966年，Judy Collins唱了由他的詩作所改編的〈Suzanne〉並引起回響之後，受到鼓舞的柯恩才開始投入更多的心力在詞曲創作上。1968年，三十四歲的他出了第一張專輯《*The Songs of Leonard Cohen*》，為那個搖滾樂震天價響、目眩神馳的六〇年代，帶來意外而動人的寧靜。已由Judy Collins唱紅的〈Suzanne〉也收錄在其中，不過是由柯恩親自詮釋，歌詞中主角與「蘇珊」之間似愛情又似宗教的神祕心靈契合，曾引起諸多揣測，傳說著「蘇珊」是否真有其人，而詩歌只是悠悠緩緩如河水流過，傳唱至今。

蘇珊帶你來到她在河邊的住處
舟船駛過　清晰可聞
你可以和她共度一夜
你知道她有那麼點瘋瘋的
但那正是你愛待在那兒的原因
她端出中國的茶和橘子
正當你開口要說

Leonard Cohen

你沒有愛可
以給她
　她已引導你
接上她的波長
　　並讓河水來
作答　告訴你
　　你一直是她
的愛人

隔年的專輯《Songs from a Room》不如第一張賣座，卻也廣受好評，尤其是其中的〈Bird on the Wire〉和〈Story of Isaac〉兩首更是經典。超慢板的〈Bird on the Wire〉，靈感來自窗外突然架起的

電線，詩人原本嫌它阻斷視野、有些苦惱，但一日意外瞥見停在電線上鳥兒自在的神態，心胸豁然開朗，就譜成了這幅屢經掙扎後重獲自由的心靈釋放圖：

像一隻電線上的鳥兒
像午夜唱詩班裡的醉漢
我試著以自己的方式追尋自由
像魚鉤上的蟲餌
像古書上謙卑的騎士
我們的愛讓我變了樣

如果我曾不友善
但願你能試著釋懷

發生在音樂中的詩

資料提供／kai　整理／李康莉

詩和音樂總是存在著曖昧難解的關係。詩人對文字氣味的敏感，對感官意象的求索，也都在音樂的創作中發生。不論你是否讀詩，想必都曾為音樂的力量所撼動。從六○年代的美國，到2001年的台灣，詩人／歌手們都以雙重身分開創了一波波的「文化大革命」，凝聚集體世代的亢奮。他們總是以先於時代之姿，雕塑了時代變幻的面貌。

Bob Dylan 最具戰鬥力的民謠詩人

推薦專輯：《Highway 61 Revisited》Bob Dylan

說起詩人的戰鬥指數，不得不提到風靡美國六○年代的抗議歌手——Bob Dylan。這位比羅大佑還老資格的民謠詩人，正是正義青年跨足流行音樂的先驅。Bob Dylan自稱因為崇拜美國激進詩人Dylan Thomas而將藝名取為Dylan，其成就卻遠遠超過了所景仰的詩人。一曲〈Blowin' In The Wind〉，音樂自此成為批判政治的前線；彈吉他取代了跳舞烤肉，成為一種新興的學生運動；而憤怒青年有了一個更具美學形式的出口。

時至今日，世界越複雜，世人對Bob Dylan的懷念越深。而那個滿頭亂髮卻年輕不再的狂熱身影，仍然堅持唱著反戰、和平，用美麗的文字訴說正義，試圖把某些斑駁卻仍顯美好的古老夢想植入世人心中。

如果我曾經欺瞞

那是我以為愛中也必有謊言

像未能降生的嬰孩

像長著犄角的野獸

我刺傷了每個對我敞開懷抱的人

但謹以此歌起誓

一切過失將被補償

之後的兩張專輯，分別是瀰漫絕望、疏離氛圍的《*Songs of Love and Hate*》（1971），和被認為是柯恩作品中音樂性最豐富的《*New Skin for the Old Ceremony*》（1974）。前者中的名作便是〈著名的藍雨衣〉（Famous Blue Raincoat），後來由珍妮佛‧華倫斯（Jennifer Warnes）演繹的版本，成績超越蒼涼老聲，可能她華美的嗓音讓隱晦的詞意更能被接受，華倫斯的《*Famous Blue Raincoat*》倒成了一張發燒片。

人生和創作生涯似乎皆遇到瓶頸的柯恩，跑到希臘某個小島上隱居了一段時間，之後於1977年出版了文集《*Death of a Ladies' Man*》以及同名專輯，卻皆慘遭惡評，被指為充滿沙文主義色彩，不知是否是他與製作人Phil Spector理念不和

Neil Young 顛簸前行的老靈魂

推薦專輯：《*Tonight's the Night*》Neil Young

在都市裡待久了，你會渴望一個鄉村。我們可以想像這樣一個畫面：鐵道穿越的小鎮上，人煙稀少，塵沙飛揚，日暮之中有著行人還鄉的登音。一把吉他、一支口琴，有人輕聲唱著：「人們來來去去，季節推移流轉，但我們總還能把握著些永遠不老的東西。」（People come, seasons go, we got something that'll never grow old.）

六○年代發跡的加拿大歌手Neil Young正是我們在行旅中頻頻回首，那個素樸如一的老靈魂。已故的Nirvana主唱Kurt Cobin在遺書上留著Neil Young的歌詞：「寧願像煙火一樣綻放，也不要平凡的老去。」（It's better to burn out than to fade away.）Kurt Cobin選擇了燦爛的消逝作為一個圓滿的結束，但Neil Young卻堅持在生命的路途中顛簸前行，做一個永不放棄的行者。

The Smiths 絕美封閉的蒼白維特

推薦專輯：《*The World Won't Listen*》The Smiths

說起英國的樂團The Smiths，某些憂愁少年的形象頓時浮現心中。雪萊。濟慈。龐克界的韓波。在印象中，The Smiths永遠是年輕的。而因為年輕所以不被大人聆聽，因為對同性少年的戀愛，所以主流社會關上了他們的耳朵。他們不被聽見，不被看見，所以少年們也就越苦澀，苦澀卻仍然愛戀自己的少年只好拿起吉他，輕聲唱給自己聽、唱給戀人聽。

少年們是多麼厭倦成人世界的無味與虛偽啊，又多麼希望時間停止在這一刻。他們處在世界的邊緣，卻因此看見更美麗的風景。因為悲傷，所以獨特。然而他們仍然繼續長大著，不停的長大，不停的為人際關係的挫折和日漸流逝的青春所苦。The Smiths是某個年紀的專屬，獻給每個人心中那個曾經蒼白的維特。

而導致的結果。1979年，彷彿要拭去前作陰影般，柯恩推出了專輯《Recent Songs》。

1984年，柯恩邀來珍妮佛‧華倫斯合作另一張《Various Positions》，同時出版了詩集《The Book of Mercy》。而在《Various Positions》中光芒四射的名作，便是這首〈Dance Me to the End of Love〉：

與我共舞　在你的美麗和炙熱的小提琴音中
與我共舞直到驚恐不再　心靈平和
將我如橄欖樹枝般高舉
做我的導航鴿引我歸家
……

共舞直到婚禮　不停歇地舞著
溫柔且久長地　在愛之中只有我倆
在愛之上也只有我倆
與我共舞直到愛情的盡頭

共舞直到渴望來到人世的嬰孩出生
共舞並穿越那因我倆之吻而襤褸的帷簾

Nick Cave　背對著上帝的黑暗天使

推薦專輯：《No More Shall We Part》Nick Cave and the Bad Seeds

看過德國導演溫德斯（Wim Wenders）的電影《欲望之翼》（Wings of Desire）嗎？你一定會記得那個眉頭深鎖的天使。那就是以憂鬱形象著稱的澳洲音樂詩人Nick Cave。

曾擔任後龐克樂團Birthday Party主唱的Nick Cave也曾經是憤怒青年一名，年過四十，糾結的情緒卻轉為一種小人物特有的落寞傷感。在悠揚的鋼琴和詩意的歌詞中，Nick Cave以冷冽的聲音唱著生老病死，與在時光的推移之下，某種不肯妥協的意志微光。我們彷彿看到雨果筆下那個不斷墜落的黑暗天使，渺小的身軀，背對著上帝，呈現某種形而上的悲劇美感。「是否容我在世界的盡頭點一支煙？」轉身，天使便消失在城市的大霧裡了。

陳珊妮　在咖啡杯與煙灰缸之間的漫遊者

推薦專輯：《四季末的唱遊》陳珊妮

從第一張專輯《華盛頓砍倒櫻桃樹》（1994）到《完美的呻吟》（2000），光是從標題，就可以窺見詩的質地是如何在陳珊妮的音樂中發光。

如果你說「我很喜歡陳珊妮」，你喜歡的絕對不只是她的歌，而是她的說話方式跟生活態度。一種意亂情迷發春大喊「你的眼神太好看」的辣妹宣言，又是把下巴抬得高高的訐譙某些「只有屁股的人」的塗鴉批評，也是平凡的日子所賴以懸疑刺激的細部想像，埋伏著以香煙、衛生紙、垃圾構築的心情線索。一種關於愛情充滿幻想卻又小心畏懼的生活態度。就是這麼百無聊賴的女子把生活的細節搓揉了一圈，以歌聲點燃詩的香味。

1988年是柯恩音樂生涯的另一個高峰，重量級的專輯《I'm Your Man》出世了，不但配樂編制大異其趣地豐富多變，加入了較爲華麗的電子合成樂器、合音以及強烈的貝斯節奏，詞曲內容口味上也更重：辛辣、反諷、黑色幽默兼而有之。封面上年近六十的老嬉皮柯恩一身黑衣、咬著香蕉的酷樣，好一個〈我是你的男人〉：

假如你需要愛人
我願爲你做任何事
假如你需要的是一份不同的愛
我願爲你戴上面具
假如你需要一個伴

牽我的手吧
假如你想出拳洩憤
我就站在這兒
我是你的男人

接下來1992年的專輯《The Future》更猛，同名歌曲〈The Future〉意象晦澀，充滿隱喻和象徵，充分顯示走過半個多世紀的獨行詩人對西方文明未來痛心疾首的悲觀：

還給我那些碎心之夜
我裝滿鏡子的房間、我祕密的人生
這兒眞是寂寞

林夕 KTV詩詞美學第一人

推薦專輯：《寓言》王菲

詩從來都是流行的。這句話可以在林夕身上得到最好的佐證。曾經是詩人的林夕，自香港大學中文系畢業後，曾擔任過中文系助教、編輯，後來因為和Raidas樂團合作〈吸煙的女人〉，跨入流行音樂界擔任作詞人。

雖然是流行音樂的著名寫手，林夕的作品永遠有一種古典浪漫的詩韻，標示著八〇年代的精緻優雅。不管是和羅大佑合作的「音樂工廠」時期對香港兩岸時政的諷刺，或近期和王菲合作的甜美情歌，林夕都能把文學的美跟詩的意象融入流行音樂的製作，讓精緻的詩句在大街小巷傳唱，融入一般人的生活。歌名靈感來自米蘭．昆德拉的《笑忘書》、馬奎斯的《百年孤寂》、西西的〈像我這樣的一個女子〉，林夕順手拈來，都讓文學經典搖身一變，成了KTV點播榜上的紅牌。

Patti Smith 男裝麗人．龐克教母

推薦專輯：《Horses》Patti Smith

詩的力量，往往在以極為樸素的形式進行極大的顛覆。在1975年發表的首張專輯《Horses》中，Patti Smith沒有當時「搖滾暴女」強調性徵的華麗裝扮，只留著一頭亂髮，著男裝；卻以狂放的演出方式，低沉的嗓音，讓演出充滿能量。原本就是一位詩人的Patti Smith，因為在街上狂舞的舞姿而被發掘為歌手，組了團，在紐約最著名的龐克名店CBGB演出。Patti Smith的音樂刻畫自我認同、強調性別政治與人權訴求，充滿知識分子氣質，也影響了龐克音樂的發展。歌詞中對愛子的分離以及喪夫之痛所流露出的真切感情，與女性自覺，都超越了當時某些徒重外表的龐克傾向，以深厚的文字功力釋放搖滾能量。

沒人可供折磨

還我對所有生靈的生殺大權

還有，在我身邊躺下，寶貝

這是命令

我要崩潰　我要肛交

拿起僅存的一棵樹

塞進你文化的破洞中

給我柏林圍牆

給我史達林和聖保羅

我已經見到了未來，兄弟

那是一場謀殺

一切都在滑落　向四面八方滑落

一件不剩

你將無所衡量

暴風雪，世界的暴風雪

它已跨越門閂

並扭曲了靈魂的秩序

當他們口中說著懊悔

我質疑那意爲何指

捕風捉影不足以了解我

將來不會　過去也不曾

我就是那寫下聖經的小猶太人

我見過一國的興衰

我聽說了那所有一切的故事

而愛是求生的唯一動機

你的僕人在此

他被要求得說清楚　不動聲色地說：

Jim Morrison 華麗獻祭的搖頭酒神

推薦專輯：《*The Doors*》The Doors

藥物和創作之間總是存在諸多迷人的想像。跳著不知名的怪舞步，唱著神祕黑暗的詩句，高舉雙手煽動群眾，Jim Morrison（1943~1971）及其樂團The Doors以迷幻搖滾風靡六〇年代，可稱得上是搖頭詩人的老祖師。

馬不停蹄的公路經驗，對神祕巫毒的嚮往，與對藥物跟酒精的耽戀，造就了Jim Morrison奇特的肢體演出，以及異常美麗的文字演出。他恍惚中裸露的肢體，像是密碼，扭曲的文字書寫，則是通往另一個世界的神祕通道。

1971年，這位迷幻詩人在巴黎猝死。憑弔的人潮，更勝於生前的票房號召。死後才出版的詩集一時洛陽紙貴，出現在各大書店的角落。對無數的膜拜者來說，Jim Morrison就是酒神Dionysus的化身，注定在他短短的一生中，以一個搖滾樂團歌手／詩人／酒鬼／毒蟲的身分，啓迪平凡世俗的感官，用盡一切的可能去燃燒，然後死去。

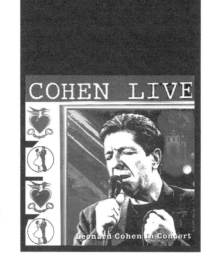

「結束了，不會再好轉了」
如今天堂不再運轉
你可以感覺到惡魔的馬鞭
正準備揮向未來
這是一場謀殺

　　九○年代之後，這位仍創作不輟的搖滾詩人地位益發尊崇，年輕樂手們陸續推出致敬專輯。1991年，R.E.M.、Pizies、Nick Cave、The House of Love等另類搖滾界豪傑自稱在音樂詞曲創作上受到柯恩多所啓發，共同製作了一張《I'm Your Fan》，希望讓年輕歌迷們也能認識老詩人的雋永詩歌。1995年，另一張《Tower of Song》也出爐了，其中有Bono電音版的〈Hallelujah〉、Aaron Neville鄉村風味的〈Ain't No Cure for Love〉，而Suzanne Vega也虔敬地重唱了〈Story of Isaac〉。

　　許多人把柯恩比做一把低音大提琴，而大提琴通常並不需要太多的伴奏就足以餘韻無窮，因此不管那歌聲是如何低沉平板甚至瘖啞，他樸實的音樂風格配上意境深長的懺情歌詞，總是引人忍不住一再聆聽。搖滾詩人柯恩無派無別，永遠只忠於自我，而他的詩歌個人主義，顯然也適合每一個偏愛低頭探尋靈魂深處回音的人生獨行俠。　■

Gustav Mahler 中國詩所影響的交響樂　　　推薦專輯：《大地之歌》Das Lied von der Erde

　　馬勒（Gustav Mahler）在1907年讀到了一本德國詩人Hans Bethge所譯的中國詩集《中國笛》（the Chinese Flute）。Hans Bethge本人並不懂中文，是拿一些其他語文的譯本來綜合整理的。然而馬勒透過這個詩集，深受中國詩意境的啓發，因而在1908年根據七首中國詩完成了《大地之歌》（Das Lied von der Erde）。

　　《大地之歌》共有六個部份：＜嘆世酒歌＞、＜秋日孤人＞、＜青春＞、＜美女＞、＜醉春之人＞、＜告別＞。與馬勒前一部第八交響樂《千人》相較之下，《大地之歌》的特別意境，不可言喻。市面上有許多《大地之歌》的版本，這裡推薦的版本，是男高音多明哥和男中音史科瓦斯挑樑演出獨唱部份。　■

是PDA，
是手機，
也是電子書。

中文環境手寫簡訊，空中書城知識魅力，直接
上網直接下載，超大螢幕瀏覽閱讀。帶著iP88
，隨時溝通你的人際，輕鬆開拓你的視野。

○中英文手寫輸入系統
○無線收發E-mail
○電話簿、記事簿、待辦事項、行事曆完整PDA功能
○空中書城 － 無線下載電子書
○即時翻譯電子辭典
○與MS Outlook資料同步
○紅外線傳送電話簿

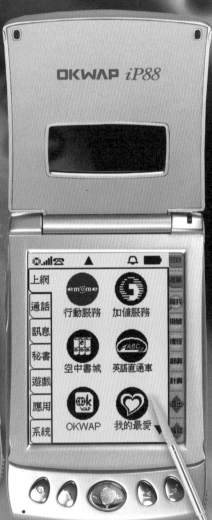

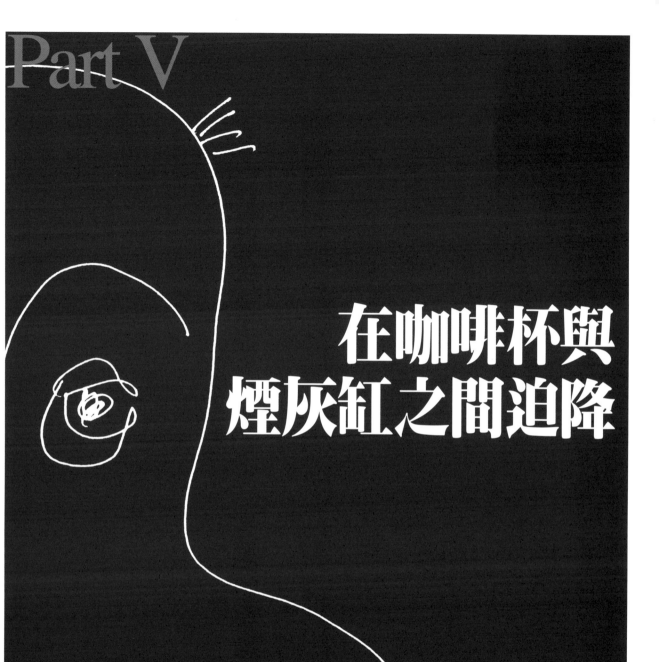

Part V

在咖啡杯與
煙灰缸之間迫降

詩黨人聚眾滋事祕密檔案

我們必須群起反抗了，這城市的造詩運動就像是法國大革命一般迫切……

文／鯨向海

　　我和我的朋友們常常談起詩的沒落和衰敗。我們一方面以一種王族末裔的虛榮，驕縱著彼此的詩意；一方面埋怨生錯了時代，不能夠像唐宋的詩人，寫幾首詩便名傾天下。不不，但我們又是不屑名利的，我們的作品是源自於生活卻又高於生活的完整世界，詩的本身就是自己最崇高的真理和獎賞。我們雖然也嚮往當年張愛玲在文章裡，堂而皇之地承認自己是拜金主義者的豪氣；雖也曾想過，其實也可以就這麼庸俗地行過人生的江河，穩穩當當乘坐在名利雙船上，但我們對詩人的想望無比神聖而雲氣縹緲，焦慮地渴望自己不同於流俗。於是總是偷偷把作品投去各種文學獎，然後悄悄落榜，暗地揪著眼淚，並開始在人前大肆批評文學獎的機制，是如何俗濫且自以為是。

　　其實我們是真的很渴望得一個詩獎。他們說這個時代如果不得一些文學獎，根本沒有人會注意到你的詩句。高行健先生得了諾貝爾獎，突然整個世界瘋狂搶讀原本寂寞不已，他一個人的專屬聖經，就是最佳例證。我們總是滿腔熱血，激動地臨摹夢中詩神的形象，寫下那些深深震撼自己的詩句；多少個冰冷的截稿日前，陷溺得極深的夜晚，終於完成了我們的建構，穿上薄外套，趕在最後的審判之前將詩投遞出去，回到陋室，在枯燈前砰然坐倒。一首詩的完成，原來也可以是這般全身痠痛，鍵盤上十根手指的大規模跋涉，數百次將腦中血脈切開又重新縫合的修改過程。創作之路太崎嶇了，因此，特別難以忍受得獎名單公布時，自己沒有得獎的事實。我們注定無法抵抗那種失落感，總是像一件冬天被主人討厭的大衣一樣縮在思維角落，覺得自己一無是處；疑心自己用了太爛的譬喻，寫了太耍寶的句子，或者用了太差的印表機。甚至我們之中有個朋友，曾經悲憤地希望有關單位乾脆設個「壞詩獎」，好成全得獎的願望。不過總是不相信我們的詩真的比不上那些得獎作品，文學獎的季節過去，人心平靜了，詩又可以驕傲地越寫越多。

　　除了詩的祕密修練，我們的生活跟一般人沒什麼兩樣，甚至更加不堪。這時代寫詩是一件不好隨意張揚的事，當大家熱烈地討論一些娛樂新聞的八卦消息時，突然有人森然地說：「我寫詩。」這是多麼寒冷的事啊。難怪詩人辛波絲卡

即使得了諾貝爾獎，私底下還是支吾其詞，從不好意思主動在人前洩漏她詩人的身分。就是這樣，我和我的朋友們左閃右躲，在電影院黑摸摸地寫詩，在考試卷背後寫詩，在房間埋頭伏案，冒著被懷疑是私藏什麼禁忌漫畫或春宮圖的罪名寫詩。

詩黨人平時散居各處，有時詩刊會舉辦「新世代詩人大展」一類的活動。猶如目前最前衛的時尚，其存在不啻是讓「圖謀不軌者」掌握了一冊「詩壇風雲八卦源考」，或者「詩黨人聚眾滋事祕密檔案」之類的第一手資料。我們往往驚覺，那些平常以一種年過半百的詩口氣發聲的人，原來還只是個多愁的小維特；那個獲獎連連的名字，竟還有更多無法想像的豐功偉業；而某某居然如此不務正業，明明就是搞理工的，寫詩卻是十足的中文系；或者某人文字如此凶殘，卻是個溫婉的小女子。偷窺與被偷窺的慾望，在一本詩刊上也能如同《Playboy》或者《Esquire》令人怦然心動。但這樣的熱鬧畢竟很少發生，在各自寂寞的日常中，往往別人每逢開暇，便呼朋引伴一起去演唱會還是看電影；但我們似乎總是沒有空的，因為我們得寫詩。

我們雖然寫詩，卻把詩人的桂冠供奉於不可褻瀆的雲端，那是我們所膜拜信仰的宇宙終極奧義。里爾克說：「在人的一生中，尤其是在活得很老的漫長一生中，應該是集合了意義與甜蜜。因此，最後或許能將一生寫成十行左右的好詩。」我們讀了心驚肉跳，羞於啟齒自己是「詩人」。想來我們只不過是「寫詩者」而已，憑什麼自以為是一種公理與正義的結盟？憑什麼怨怪站在如是

寂寞的峰頂，逼臨深廣，卻無人能領略？特別是當我們驚訝地發現生活周遭的朋友，其實都身懷莫測詩意——儘管他們從不寫詩。在這人潮擁擠而感覺疏離的時代，他們宛如溫暖的詩句一般，行走在荒冷的城市裡；一旦他們與詩的文字巧遇，卻總是羞怯地一哄而散。他們的詩不發表在報章雜誌上，卻發表在午後和愛人一起躲在騎樓下，看大雷雨沖洗這個城市時；發表在用怎樣的眼神，以搭配滑板車風馳電掣的造型；在BBS的簽名檔裡一個不經意的錯別字；發表在夜市閒逛時，那精準的品味與殺價的美學；在西門町當眾人追隨天王天后出巡的步履時，怎樣走在時代最前線，卻又不至於迷了路；發表在課堂上，一則流傳千古的北極強冷笑話；或在夜深人靜時，幾句瓊瑤式感人肺腑的手機留言。這城市正是如此孤寒，明明隨便一個招牌掉下來都可以砸到一個充滿詩意的人，卻找不到讀詩和寫詩的熱情。

但我們又比他們固執，畢竟我們是寫詩了，形而上的肌肉，隻手可以遮天。無論用鍵盤敲出詩的魂魄，或用筆捕捉詩的靈氣，我們用詩句和時間競爭腕力。你知道，任何電視上拍化妝品的美女都怕老，但是我們不讓任何一片花瓣在詩句中老去；我們在節奏中攝住了溪河清澈見底的一剎那；我們詩中的英雄永遠不會落馬。我們惺惺相惜，在無數閱讀的戰場上，比劃各自詩句的刀光劍影。我們是跌落時代深谷，拾獲詩學祕笈的江湖中人，齊聚在網路上的隱逸角落，偶爾急馳過某些詩選和詩雜誌，梯雲縱轉身消失在文字天際。

似乎常常有人疑惑「詩要怎麼學」的問題。

我們以爲詩跟科學畢竟不同，雖有人力求客觀，偏偏詩就是難以像數學理論一樣，可以一再被推演；更不是臨床用藥，百分之九十五以上的人服用了都會有相同的反應。詩是不受教的。每個人寫詩的模式皆抗衡著「永劫回歸」式的循環，每首詩都被期待是獨一無二，是此時此刻，永不復返的天光乍現。所謂詩的傳承固然存在，但每一次模仿都是我們最大的噩夢，因爲真正的詩不應該有相似體。如果詩是發自內心的形而上眞實，是每一個獨立個體的精神展現，那麼每一次的神思自然也會是古往今來的絕無僅有——終其一生，那是最難遇到的好詩。我們總是記得鄭愁予寫〈殘堡〉還是〈賦別〉時只有十八九歲而已。最好的詩人都不是教出來的，我們要留傳到下一世代的並非寫詩的技法，而是如何創造一種想像力的氛圍。詩是獨孤九劍，最好的招式就是沒有招式。令狐沖劍意流轉時，往往是武功高的人看了膽戰心驚，武功低的人看起來像是小兒戲耍。詩又比獨孤九劍孤獨，令狐沖最後割斷了對方的手腕，孰優孰劣可以分曉；但是寫詩沒有輸贏，因爲輸了可能是贏，贏了可能是輸。徐志摩的詩因爲《人間四月天》而喧騰世紀末，但那不是他死而復生，又寫了新詩句的緣故。前輩詩人幫我們樹立好詩壞詩的典範，然後過了一陣子，我們又群起抗暴。詩的偉大在此。詩的卑微也在此。

正因爲如此，詩人這種生物特別容易滅絕；每一次閉關寫詩，皆冒著隨時走火入魔，筋脈盡廢的風險。詩性與靈感之保育，稀珍宛若童話中的獨角獸或美人魚。我們盛行的一則謠言是這樣的：詩人大都難以通過人生的「五關」而倖存——分別是畢業，求職，結婚，生子以及老去。時日

流光，無色無相，野心勃勃地不斷將我們一個個從詩密教中剷除。這是何以評論家歷歷指證，早慧的詩人總是一個個冒出頭來，倏忽寫出令人驚豔的傑作，然後在我們努力記誦他們的名字，以及一些震撼人心的詩句時，他們就停止寫詩了。絕美的詩句消耗了大量的夢想，太多人一睡就再也沒有力氣醒來。

即使醒來，可能又是莫名其妙湧出一些淡淡哀愁的早晨，再也熟悉不過了，賴在床上，似乎沒有什麼夢值得延續，把腳伸到冰涼的現實世界，找不到一雙合腳的拖鞋；陽光普照，卻獨獨只照亮了某些人的房間。如此這般的世紀初，可能我們的某位朋友寄了自費的詩集來，而且因爲太窮無法掛號，包裹上沾滿風霜雨露。我們這時往往流下眼淚。什麼樣的時代啊，危險到幾乎每一本詩集都隨時會滅絕；太多詩人在我們來不及耽溺他們的詩句時，早已在城市中絕種。在這樣一種詩意大舉逃亡的氛圍裡，我們之中卻前仆後繼，又出了一個壯烈出版詩集的黨人。不禁想起卜洛克的雅賊系列小說裡，那個《喜歡引用吉卜齡的賊》：關於全世界各大圖書館以及收藏家，如何不擇手段搶奪吉卜齡一首三千兩百多行長詩《拯救巴克羅堡》孤本的故事。讀來彷彿有趣，但是就像坐看卓別林那些默劇，只能一邊揮淚一邊凄苦地發出笑聲。誰知道還要多久呢，可能就是明天，我們都要化身爲賊，到處去搶劫我們所崇拜的詩人的絕版詩集了。

羅智成的詩句：「我們是隱隱然和這個或任一個文明相抗衡的。」並沒有人會理會這種莫以名狀的句子，「太難懂了」，他們會說，然後繼續低頭分析他們的股票或者十二星座命盤圖。於是

我們必須群起反抗了，這城市的造詩運動就像是法國大革命一般迫切，太多的外族入侵了詩的疆域，我們這些面孔蒼白的寫詩戰士，四處流竄，為了捍衛詩的王族與神祇流血流汗。或者窩在小咖啡館爭論時事與歷史，或者在網路上擁護自己喜歡的成名詩人，並對詩壇上某些長了皺紋的傳統與規範嗤之以鼻。我們一方面尋找忠誠的讀者，一方面又挑剔讀者無法了解我們的意象與結構。我們甚至孤僻地以為，沒有人要讀詩，就好像沒有人活著一樣，在城市上空探照，所謂人們的生活，就是很多肉塊在移動而已。卡爾維諾說如果他要為新的太平盛世選擇一種吉祥意象，他會選擇一個詩人哲學家，乍然一躍，將自己揚舉於世界的重力之上，顯示出自己雖有重量，但卻擁有掌握輕盈的奧祕——但我們卻深知詩自身的命運是如何不祥。書寫與意象的世界太沉重了，我們一面承受著上一個世代的包袱，一面又拚命扛起自己的使命。遙想七八〇年代新詩社新詩刊動不動就光芒萬丈興起，又動不動就在眾人的惋惜中殞逝的生態法則，詩人們夢幻般的熱忱總是難敵現實的殘酷。新出土的詩集不斷重複被趕到書店最陰暗角落的命運，新舊世代的詩人持續存在著詩觀的鴻溝……。雖然詩評家奚密曾說：「詩的讀者在數量上的減少是表象的，誠毋須惶恐：當人們僅僅為讀詩而讀詩時，我們已擁有最好的讀者。」但是最好的讀者卻只剩下我們辛勤寫詩的黨人了。曖曖世紀之初，彷彿已失去真正的輕，真實的重，我們在一種虛偽的，不發光的狀態中漂浮，不能飛昇也無法沉降。

羅蘭·巴特的看法：「任何現實世界當中的事物，就它與人的關係而言，從來都存在著三重面貌——真實的、意象的和書寫的。」對我們而言，真實的世界正一點一點消失它的分量，彷彿只有意象的和書寫的自己，才是唯一的存有。一首詩就算得了無數的獎，對美學的渴欲以及藝術的狂念就能達到更深層的境界嗎？在眾聲皆遠，孤燈熒然之際，還是只有孤零零的我們，一無長物與單薄的詩靈赤裸相對。這時，所有的聲名與權勢都不能再成為一種華麗的障蔽，我們究竟是誰？到底透過鍵盤敲擊過了什麼？透過報章雜誌發表的是幾分真誠？是文字欺騙了我們還是我們捉弄了讀者？

有如一場光鮮亮麗的盛宴，即使在最腐敗的時刻，仍必須不斷陪笑跳舞，至死方休。身陷諸多制約與馴化的社會裡，我們缺乏逃亡的裝備與勇氣；羞恥與憤怒，罪責與痛苦，憂傷與虛榮，都將成為心靈屠宰場受刑的牲品。或者，那剎那間穿越了時空的美學境界，可以讓我們獲得金剛不壞之身？憑藉一顆飛撲有聲的文學良心，就能得到絕頂之處的救贖？我們畢竟是詩派的忠實黨人，那些遙遠的傳說與信念，讀與被讀的枷鎖，名利與權勢之污穢的戒律如此森然：

瘴癘瀰漫，寫詩的勇者啊，也許所有的人都將忘記我們，但只要靈魂不腐，詩句光圈不滅，波特萊爾萬劫而邪惡的咒詛，便永不應驗。

鯨向海個人站台（偷鯨向海的賊）：
http://mypaperl.ttimes.com.tw/user/eyetoeye/

鯨向海個人報台（偷鯨向海的賊電子報）：
http://gpaper.gigigaga.com/ep_publisher.asp?p=eyetoeye ■

用盡方法飛出規則的牆壁

專訪陳綺貞

文／張惠菁
攝影／何經泰

大水過後的台北市到處充滿蹊蹺。台北市民恍然大悟，發現他們原來住在潮間帶。人行道的縫隙塞滿沙粒，東區高級辦公大樓的騎樓地磚上現在有退潮後的黃泥線。然後忽然有一座體育場變成了垃圾堆。

也許你會因此開始注意到奇怪的不只是地方，還有人。

比如，你可能發現走在你前面的一個女生忽然停下來（害你差點撞到她），她匆匆點個頭道了歉然後就站在路邊，從包包裡掏出MD。下一次你回頭看她，她已經對著麥克風哼起陌生的旋律、你聽都沒聽過的奇怪歌詞。

好。在這裡先停格一下。停在那個女生的臉上。如果你在台北生存的一百個理由，正因大水而自動瓦解無效，那個女生可能是讓你重新覺得台北還滿有趣的起點之一。

那個女生很可能是陳綺貞。她正在路邊哼的歌也許就是她下一張專輯的新歌。

陳綺貞。彈空心吉他的陳綺貞。容易失眠的陳綺貞。在你的耳機裡輕輕哼唱的陳綺貞。自從九八年出了第一張專輯《讓我想一想》起，她的歌詞經常在網路上被討論，每隔一段時間舉行的小型演唱總是讓女巫店擠滿了人。有人說她的歌是「耳朵可聽的文章，眼睛可看的音樂」。有人什麼都沒說，只是把她的歌詞Copy，Paste，Copy，Paste，在自己的個人網站上。

於是，我們在網路上可以輕易找到許多網站轉載整首整首的陳綺貞歌詞。電腦螢幕上，〈我的驕傲無可救藥〉、〈溫室花朵〉等熟悉的歌曲，轉化成為純文字的，詩一般的表現。

有時候是勇敢堅定的戀人，耐水抗震高標準：「別對我小心翼翼，別讓我看輕你，跟著我勇敢地走下去。」

有時候是愛情的抗議歌手，不掩飾心底的不平之鳴：「我不要咖啡，我不要煙，我不要不要等你等到失眠。」

陳綺貞對於在哪裡進行創作，倒是隨和得驚人。有的歌是一面騎著機車，一面就在安全帽裡哼出來的。也有在花蓮賞鯨的時候，忽然就把鯨魚丟在腦後唱起歌來。隨時隨地都有可能，陳綺貞停下來，掏MD，躲到角落，哼一段旋律，記幾段歌詞。就這樣完成了兩張專輯的詞曲創作，還有許多為別的歌手寫的歌。

「我認識不少人，會把歌詞背起來當作某些時刻的一種背景聲音。」她說。

可能那些把陳綺貞的歌詞key in上網的網友，就是以這樣的觀點看待她的歌詞吧。表達一種不干涉的溫柔，放〈越洋電話〉；數著時鐘格子等待時，想想〈下午三點〉。陳綺貞的歌，正是城市裡彼此遙遠凝望的人們，心底最佳的背景聲音。

不同於許多音樂人以西方搖滾經典為養成過程中最重要的養分，陳綺貞反而對國語歌更感親切，因為語言熟悉，比較容易進入歌詞的情境。

「我真的很喜歡國語歌。」她說。「我覺得聽音樂的時候，可以因為歌詞在心裡有更深的震動，是一件很爽快的事情。」沒有語言隔閡的「國語歌」，比起英文或日文歌曲，更容易進入。陳昇有辦法把歌詞寫到「一看就知道是誰寫的」，李宗盛「始終維持一種洞見人心的犀利」，林夕則是「從頭到尾一氣呵成的精采」，都是陳綺貞佩服

的對象。

有時一整首歌裡只需要有一句歌詞打動人，一句神準的歌詞，就夠了。陳綺貞會因而喜歡整首歌。像是徐若瑄的「感謝地

英國作家狄波頓的作品，《我談的那場戀愛》與《哲學的慰藉》，一個房間攤著四本完全不同的書，四個作者的嘔心瀝血，四個不相衝突的平行宇宙。

她當然也讀詩──這種跟歌詞最接近的文類品種。比如羅智成的《寶寶之書》，每頁只有短短幾行字，「一個字有了注音，讀起來真的不一樣！覺得文字裡面好像飽含了很多東西，變得『肥肥的』，會想要很仔細地看，甚至念出

心引力讓我碰到你」（〈可愛女人〉），林夕的「如果我倒下，請你給我抱一下，我只是一張沙發，給我摩擦」（〈馬戲團猴子〉）。

聽國外的歌曲時，比較難像聽國語歌時一樣，對歌詞有完全的掌握。陳綺貞坦白從寬：「常常不知道他們在唱什麼。」可是，聽不懂也有聽不懂的樂趣，「常常只注意到幾個單字，就抓住這些字去想像，整首歌是在說什麼。」於是喜歡Sting，喜歡Suzanne Vega，都是這樣斷章取義地喜歡。

聽歌任性而為，閱讀也是。千萬不要問陳綺貞「正在」看哪一本書。她習慣同時看好幾本書，這本看看那本看看。每一本書各自翻在讀到的那一頁，書背朝上，以一種向下趴著、投降般的姿態，分布在她房間的桌面和地板上。前一陣子同時進行的有金庸的《鹿鼎記》、山田詠美《戀人才聽得見的靈魂樂》，外加兩本最近十分喜歡的

聲音來。」陳綺貞以一個寫歌者對節奏的敏感，特別注意到，加了注音的字會讓人不知不覺讀得比較慢，創造出一種不同的節奏。

至於夏宇，不管別人怎麼讀夏宇的詩，陳綺貞第一次和夏宇的遭遇充滿喜感。她在火車上讀《腹語術》，笑得想拉旁邊不認識的人叫他看：「你看！這真的很好笑！」尤其讀到《腹語術》最後的筆談時，那股拉旁邊乘客的衝動更是直飆到臨界點。「很少讀到好笑的詩，所以很珍惜。」她笑著說。我是不知道夏宇會怎麼想啦，不過我倒是很想趕快回家把《腹語術》找出來再讀一次。

雖然陳綺貞大部分的歌都是將詞曲視為一體

的創作，但偶爾也會單純爲別人的曲塡詞。

「我覺得專業的塡詞人很厲害。」她說。「要在固定的空格裡寫出符合音韻和字意，有時候還要配合歌手的個性和公司的企畫方向什麼的……。」她自己在爲別的歌手寫詞時，腦中會一直浮現那個歌手的形象，同時搭配曲子的感覺。例如塡給李宇寰的那首〈花蝴蝶〉，陳綺貞記得，她感覺曲子本身給人一種色彩濃豔的感覺，所以會寫出她很少寫的，那麼意象鮮麗的歌詞。

在這遊戲規則中拍出來的一系列照片，成爲她新書的一部分。書中除了照片，也有陳綺貞不知該如何歸類，亦詩亦文的作品。

雖然終於跨足嘗試了寫書，不過陳綺貞強調，詩和歌詞還是不一樣。在歌曲中，文字的聲音性也很重要，字的音與旋律的搭配，甚至只是上面一個字跟下面一個字的組合。高明與否，差別只有一點點。

就算許多人把流行歌曲打入通俗文化，她覺

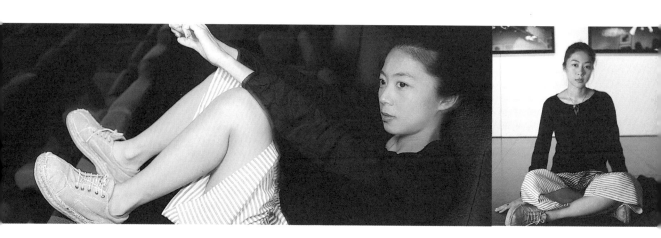

在歌手形象、曲式、唱片公司企畫等諸多限制中塡詞，別有一種趣味。「想想好像四面都是牆壁，但是一定要用盡方法飛出去一樣，很好玩！」

其實，這麼一種喜歡在規則裡玩耍的部分，一直在陳綺貞的性格裡。有一段時間，她規定自己每天拍一張照片，而且只拍一張。因此這唯一的一張到底該在什麼時候拍，拍些什麼，就變成二十四小時內有效的有趣選擇。

「而且都不告訴別人。」她認眞地說。「說出來就不好玩了。」

規則是限制，也是機會。

得流行歌詞的魅力就在深入人心：「特別是像崔健、羅大佑、陳昇等人，常常覺得他們某一首歌的某一句，竟然像一種眞理一樣被人深深的記憶著，不管內容說的是偉大的寬廣的還是狹窄的，這個現象讓我感到著迷。」

陳綺貞身爲羅大佑等人之後，年輕一輩的寫詞者，她的歌詞也許不再是創造「被記憶的眞理」，而是比較接近放在心裡的背景聲音吧。眞理在我們的時代，便是在這蹊蹺處處的城市裡，用盡方法飛出規則的牆壁。∎

詩與索愛的練習

文／林婉瑜

第一本詩集的名字叫做《索愛練習》，如果按照字面上簡單解釋就是：索取愛情的練習。

只是愛情不是票根或參加贈獎活動的回函、你走在路上就有人硬塞給你的面紙。可以做出一個索討的姿勢，卻不一定能獲取；可以把舊的感情放在置物櫃，鎖上，轉身躡手躡腳走開，卻不保證一段時日以後不去開啓，探看它還在不在。

L 有三個男生我一直記得：一個是高中的初戀男友S；一個是還在吳興街讀書時的戀人L；一個是最近才分手的M。

記憶的刻度無法依照分手時間推算，深深記得的是L，我們在大一新生露營的時候認識，剛開始對他並沒有特別的印象，如果硬要舉出特別的地方，應該是特別不會穿衣服、特別不會整理一頭自然捲頭髮、特別沒有心眼吧。

一次我們在穿堂上遇見，他跑來問我：「晚上我們系上的同學要去夜遊，我想找妳一起去好嗎？」我看著他的自然捲髮在頭上、每一撮都隨著自由意志而伸展。

「你們系上的活動，我去不會很奇怪嗎？」

「不會啊，我會負責送妳回家。如果他們問，妳就說是我邀請妳的。」

「這樣啊……」

後來那天晚上的氣氛證明：我一個外系的陌生人夾雜在他們其中的確是頗爲怪異，整個晚上我和其他人都說不上什麼話，只有他一直找我聊天。

回家的時候下起雨，他按照先前說的送我回去，我們聊剛進大學的感覺，他說大學以前他從沒去過KTV，爲了準備聯考每天念十幾小時的書，簡直快要變成附著在書桌前的一棵植物。

之後聊到音樂，那時加拿大女歌手 Alanis Morissette 的第一張專輯《jagged little pill》發行不久，把這個從前走甜美偶像路線的二十歲女生翻轉成另類搖滾女王，整個高三下學期，我幾乎都在聽這個鋒利飽滿的女聲。

> What I learned I rejected but I believe again
> I will suffer the consequence of this inquisition
> If I jump in this fountain , will I be forgiven

我們不約而同非常喜歡她。一個月後 Alanis Morissette來台舉辦演唱會，他買票請我去看，作爲我生日的禮物，再然後，故事的發展就非常通俗。

雖然那些細節在我心中閃動著獨特的顏色，可是每次只要我試著描述，不論用說的或寫的，到最後都會變得非常俗氣，索性打住不說，不要讓愛情的價值一再被磨損以後流散。

其實在答應邀約的時候，這樁故事的初始就被預料，無論是自然捲或太過合身的AB牛仔褲，我不在乎，當他像小孩子一樣不掩飾地大笑，或用懇切自然的語氣提出邀請，拿他媽媽製作的魯味來宿舍樓下等我，可能不是非常俐落的方式，但是顯出他簡單又誠實的質地。

S 初戀男友S印象模糊了，我們參加中縣文藝季的演出而認識。

記得他爸媽都是教官，對小孩子的管教方式卻很開放，高二時他剃了一個「有圖案的」三分頭，線條在短短的

平頭上遊行，因此被我們學校的教官約談，他爸媽卻是無所謂的，只說自己做的決定自己負責就好。我們常在東海大學散步，牧場雖然有很濃重的氣味，我們還是選擇不斷路經那裡。

後來他在東海開始四年的大學生活，再見面，雖然極力想成為朋友，兩人之間隱微尷尬的空氣卻揮散不去。

M最近分手的M，還無法適應一個人的生活，當我結束和朋友的聚會回到宿舍，會看到他落寞的身影在大門前面等著，再怎麼解釋「我們真的是不合適，差異太大了」、「我沒有喜歡上其他人」都無法被採納的樣子。把他留在樓下回到宿舍，自己心情也會非常低落，好像是做錯了什麼。他看起來削瘦了很多，但是必須努力阻止自己因為這樣、就把體質虛弱的愛情撿拾回來，如果繼續相處，對彼此影響恐怕會轉變成慢性的病症，緩緩消蝕對方。

至今我仍保留一大疊信件，和朋友的對話、戀人間的交換日記、自己的札記全數都留著，那些笨拙的筆跡是不可能再現的，想模仿也模仿不來。

在詩裡提到愛情的事，可是真實生活，有時候兩個人明明在一起，你們的確肩並肩走在淡水老街或剛剛散場的電影人潮裡，當下心裡的感受卻孤獨、蕭索得要命。雖然談很多話，用很多時間陪伴對方，兩人的距離不一定比一個陌生讀者讀完詩後的想法來得靠近、命中主題。不可能用星座命盤來戀愛，無法依照寫好的劇本戀愛，無法清楚描繪自己內在的輪廓或正確地被人解釋，所以持續地寫詩。

〈間奏〉裡這樣寫：

　　兩首曲子的中間
　　音樂停下來的時候

我想
問你一個私人的問題
（你愛我嗎）
（你愛我嗎）
噓……
沒有回答

後來
狼來了
你停止旋轉
我倦了
我便睡了
不再
有人發問
在我們的囚室
心的房間

直接又灼熱的感情方式漸漸不再被使用，我把多年以前的《jagged little pill》拿出來聽：

I'll live through you
I'll make you what I never was
If you're the best, then maybe so am I
Compared to him Compared to her
I'm doing this for your own damn good
You'll make up for what I blew
What's the problem...Why are you crying

每一音節被精準地釋放。

寫下第一首詩，在劇本導讀課堂上。那是整夜未眠的次日，眼前戲劇結構圖示墨痕散開，204教室的桌椅浮動。我俯在桌上，鉛筆緩慢行進著。

那些字句從胸腔底部沿著神祕蜿蜒的道路列隊抵達，姿態像是第一次得到理解的生字一樣，說明著新的意思。

而三月早晨，日影遷移的課室、那樣的場景，是飽含了氣味、色澤與流光的。隱約的暗示。　　　■

每一首詩開始的地方

文／狐狸

倫敦

　　德國詩人海涅（Heinrich Heine, 1797~1856）曾說：「派一個哲學家去倫敦是理所當然的，但是為了神的愛，千萬別派詩人去！」為什麼呢？他認為哲學家可以在人潮的角落裡發現人類最深處的祕密，然而對詩人而言，這樣一個已然高度商品化的城市，「所有的東西都標上價格，像鐘錶的馬達一般表現可怕的一致性，甚至快樂亦穿上朦朧的外衣。」在無窮無盡的「一致」裡，詩人怎麼能看到世界的微妙差異？「過度的享樂反而窒息了想像力，摧毀人心」，詩人怎麼能肯定自己的感受是不是商品堆積而成的物慾？

　　海涅在旅行中看到的倫敦，是一個探討真理的最佳範本，可以讓哲學家辨析人類生命的課題；然而這似乎是一個打磨情感與想像，使它們乾枯平滑的恐怖工廠，詩人在這裡會變成一根根朝九晚五的螺絲釘，最大的夢想只是下班後喝一杯啤酒，將養一下微凸的肚子。

　　可是「Made in London」的詩人，包括市區的、周邊地帶的，乃至於飄洋過海來到倫敦而終於成名的，排一排也許可以坐滿哲學家的角落。

　　首先要提的當然就是詩人中的詩人莎士比亞（William Shakespeare, 1564~1616）。

　　莎士比亞成長於倫敦周邊地區的史特拉福（Stratford-upon-Avon），居民大都是農民與商人。莎士比亞家族從十三世紀以來就已經定居於此，這些先祖之中還有最後被處以絞刑的搶劫犯。因為源遠流長的地緣關係，現在我們到史特拉福，到處都是莎士比亞的影子：莎士比亞的誕生地、成長地，莎士比亞的母親居住的地方，莎士比亞的親人們生活的地方，通通被迷戀莎士比亞的後人們一一標記出來。英國人曾經做過一項調查，選出英國史上最重要的人物，莎士比亞名列首位，打敗了第二名的牛頓和第三名的邱吉爾。可以想見，史特拉福自然是一個永遠的聖地：即使只是莎士比亞坐過的一張咖啡桌，也要趕緊把它指出來，相信莎士比亞就是在這張桌子上寫出某一幕裡動人心弦的台詞。

　　莎士比亞成年後前往倫敦，一時之間沒有人要採用他的劇本，據傳莎士比亞此時應該投身「女王劇團」，從學徒開始，擔任跑龍套的角色。到了1591年，莎士比亞已經有劇作上演，短短十年之內就成為炙手可熱的劇作家，甚至在瘟疫襲擊倫敦、劇團無法演出的艱困時期，市面上還是出現了《哈姆雷特》的盜版。

　　莎士比亞在倫敦成名，而終生追慕莎士比亞

的濟慈（John Keats, 1795~1821），則生活在倫敦的市井之間。倫敦的濟慈屋（Keats House）裡陳列了濟慈喜歡的樂器，其未婚妻所保留的一束濟慈的頭髮，濟慈修改〈夜鶯頌〉、手抄莎士比亞十四行詩的手稿，牆上還掛著莎士比亞畫像。他和其他浪漫詩人雪萊、拜倫不同，虛弱的體質使他禁不起長途旅行，一生中最重要的旅行就是為了療養身體而赴義大利，然而這也成為最後的旅行，濟慈遂再也無法回到倫敦，只能安葬於羅馬清教徒公墓：「此地安息的人，他的名字寫在水中。」

濟慈的重要詩作都完成於濟慈屋，當時，他的父親墜馬而死，母親也因肺結核病逝，於是他不得不放棄學業，在診所裡實習，終於取得助理醫師的執照，然而他最終還是棄醫從詩。1818年，長詩〈恩迪米昂〉（Endymion）在倫敦批評界引來一陣謾罵之聲，此後至1819年秋，他陸續寫出〈夜鶯頌〉、〈憂鬱頌〉、〈希臘古甕頌〉、〈秋頌〉，1820年秋出發旅行，翌年死於羅馬。

濟慈的死因是長年的貧困勞累與肺結核，然而雪萊認為，如此燦爛的詩人，根本是被倫敦批評界「罵」死的。

除了土產英國詩人之外，倫敦還有一些外來作客的詩人，例如美國的龐德（Ezra Pound, 1885~1972）。

龐德在美國受教育，1908年由威尼斯到達倫敦，起初相當欣賞倫敦尚稱活絡開放的文學風氣。在這裡，出版商願意為口袋裡只有一先令的龐德出版詩集，評論者們對他也頗為友善，他甚至成為文人聚會中的重要人物，並且結識了未來的妻子桃樂希（Dorothy）。他認識了哲學家休謨，讀了英譯《論語》，大量接觸中國文化，發展出他的「意象主義」。著名的〈在地下鐵車站〉，

就是在倫敦的地鐵站瞥見一張美麗的臉，寫出三十行的初稿，最後又反覆刪減成短短的兩句，成為一個濃縮而蘊含豐富的意象。然而龐德並沒有長期停留在倫敦，他不時前往歐陸或者回到美國，行止的流浪和他對詩的猶疑是互為表裡的。直到他終於確認了自己的創作方向，才真正在倫敦定居、結婚。

接下來龐德的詩卻漸漸失去原來的讀者，他開始進入屬於自己的世界，大量的意象與不連貫、碎亂的文字，內在的力量並非時人所能真正了解。同時，他也積極介入政治經濟事務，不但發表評論文字，同時寫出許多接近宣傳手冊的小詩，四處寄發。龐德後來終於離開倫敦，轉赴義大利，並且從1931年開始，在個人信件上標註的日期都採用法西斯黨的曆法，對墨索里尼效忠。此後，倫敦的評論界與出版界自然都拋棄了他。

然而龐德在倫敦期間，曾經為倫敦、為英文詩壇做了一件最重要的事：他發掘了艾略特（T. S. Eliot, 1888~1965）。龐德無條件地接受艾略特，勉勵他，為他出版詩作，修改《荒原》，艾略特最終成為比龐德更具代表性的當代詩人。也正因為這雙慧眼，挽救了龐德的聲譽，甚至在戰後為他保住一命。

艾略特和龐德一樣，都在美國出生、成長、受教育，然而他們也都是在倫敦才真正確立了一代大詩人的地位。他們都背離了祖國美國，投身於歐洲的美麗歷史和傳統。

艾略特從母校哈佛大學赴德國深造，因為第一次世界大戰爆發，在1914年到達倫敦，從此定居倫敦，1928年歸化為英國國籍，此後鮮少回到美國。他初抵倫敦時即拜訪龐德，持續寄上自己的詩作。龐德對艾略特大為讚賞，寫信向人讚美艾略特，並為他印行詩作。

第一次大戰期間，艾略特的生活相當清苦，雖然完成了博士論文，為了生計，不得不在高中教法文、數學、歷史、地理、繪畫、游泳等五花八門的課程，擔任洛伊德銀行外匯科的科員，也曾任雜誌編輯，為雜誌撰寫書評等評論文章。1915年，艾略特結婚，關於他們的相識與結縭經過，幾乎沒有任何資料。新婚夫人是個舞蹈家，常常對艾略特的創作提供建議，然而最後卻因為精神疾病入院，1932年，兩人終於分居，1947年去世。十年後，艾略特才與其祕書再婚。

艾略特死後葬於倫敦西敏寺大教堂，與為數眾多的大小詩人、小說家、作曲家，群聚在南廊的詩人之角，這其中還包括美國詩人朗法羅。不知道當艾略特與朗法羅聊天，聊的會是「他的國家」英國，還是「他離開的國家」美國？或者他們並不聊天？

巴黎

這時，粗笨軀體下，靈魂正
模仿燈光和曦色之間的戰鬥。
就像微風拭掉淚水的臉部，
空氣充滿逃離事物的顫抖，
男人因書寫，女人因愛情而疲倦。

～波特萊爾〈巴黎寫景‧晨曦〉（莫渝譯）

如果說倫敦是最讓詩人們又愛又恨的城市，巴黎大概是詩人們最愛流連的天堂。無數的詩人與藝術家，發達的時候在巴黎參加文藝沙龍，落魄的時候在巴黎怨天尤人，在巴黎勤於創作，也在巴黎耽於逸樂。所謂「城市詩」或「都市詩」，也正是在巴黎這樣的城市展開。

和許多觀光景點不一樣，波特萊爾（Charles-Pierre Baudelaire, 1821~1867）的故居已經不見了，他在巴黎的出生地因為1856年的街道開闢而被拆除，所以，現在到巴黎，想要隔著時空聆聽小波特萊爾落地時的哭聲，只能在一家書店的二樓屋簷下看到標記用的紀念牌。波特萊爾幼年時，父親過世，母親再嫁，繼父是個嚴肅的軍人，兩人之間的種種摩擦，讓波特萊爾在拉丁區度過三年頹廢放縱的生活：愛好時尚，迷戀妓女，抽鴉片，結識了許多類似的藝術家。此後他遇到一個又一個女人，談了一場又一場戀愛，繼父為了避免他過度揮霍，而將家產交給公證人管理，公證人始終如一地照顧著波特萊爾，然而對波特萊爾而言，這樣小裡小氣地固定只能花多少錢，一定很不痛快吧？於是他不得不開始賣文維生，同時也一度試圖自殺。

1848年，巴黎湧起一陣革命浪潮，波特萊爾也參加其中，並且高舉手槍呼喊：「殺死歐比克將軍！」這位歐比克將軍不是別人，正是他的繼父。1853年，波特萊爾退出革命，開始專注地翻譯愛倫

坡的作品，並且發表相關論文。接下來開始發表《惡之華》。這部詩集在發表期間就波瀾不斷，被查禁、被攻擊，出版時也飽經波折。《惡之華》初版遭新聞記者嘲笑，又被檢查單位以「破壞風俗」的罪名起訴，作者、出版商合計罰款五百法郎，並且勒令刪除其中六首詩作。1861年，《惡之華》再版，整體編排結構大幅調整，還增加了「都市詩」的重要開山祖師：「巴黎寫景」系列的十八首詩。波特萊爾本人也曾準備再出第三版《惡之華》，然而與出版社洽談的過程似乎並不順利，這份稿本在波特萊爾死後也無處可尋，我們後來看到的三版《惡之華》，其實是他的友人在他身後整理出版的。

波特萊爾被世人宣告為「敗德者」，卻為詩人們推崇景仰，這樣的命運，其實正和他所生所死的巴黎一樣：他們都是天堂與地獄、天使與魔鬼的混合體。

黑島

> 而就是在那種年紀……詩上前來
> 找我。我不知道，我不知道它
> 從什麼地方來，從冬天或者河流。
> ～聶魯達〈黑島的回憶・詩〉（陳黎、張芬齡譯）

1964年，諾貝爾文學獎頒獎給沙特，但是沙特拒領，其中一個理由是：這個獎應該頒發給聶魯達（Pablo Neruda, 1904~1973）。

聶魯達是他的筆名，十三歲那年，年少的詩人投稿到報社，怕父親知道而取了這個筆名，到了1946年，終於成為他正式的名字。他二十歲時出版《二十首情詩和一首絕望的歌》，這本詩集「記錄著他和女人、世界接觸的經驗，以及他的內在疏離感」（陳黎、張芬齡），奠定了他在當代無可動搖的地位。此後，他先後赴仰光、可倫坡、爪哇、布宜諾斯艾利斯、巴塞隆納等地擔任領事，在布宜諾斯艾利斯時結識西班牙詩人羅爾卡，在羅爾卡遭槍殺之後還寫了一篇憤慨激切的抗議書。

聶魯達曾經高聲批評智利政府的決策，並且加入共產黨，因此有一段漫長的流亡生涯。流亡期間，他在義大利那不勒斯匿名出版詩集《船長的歌》，當時的讀者們即使有所懷疑，也無法知道這就是聶魯達的愛情告白。1953年，聶魯達結束流亡生活，回到智利，定居黑島（Isla Negra）。1955年，聶魯達與瑪蒂達・烏魯齊雅結婚，1959年出版《一百首愛的十四行詩》獻給妻子，然而直到1962年，他才承認《船長的歌》是他的作品，詩中的女主角正是瑪蒂達・烏魯齊雅。

電影《郵差》的故事裡，那個崇拜聶魯達、為聶魯達送信、聯繫著聶魯達與世界的郵差，一生最大的夢想和苦惱就是愛情、是詩，他要向聶魯達學習寫詩，以追求意中人，最後終於死於政治事件。《郵差》的故事就像是聶魯達自己生命的某種縮影與編排，不知名的小島和遼闊紛亂的世界，自己和他人，交錯成一個溫暖而悲傷的、愛與詩的故事。

花蓮

> ……但知每一片波浪
> 都從花蓮開始——那時

也曾驚問過遠方

不知有沒有一個海岸？

～楊牧〈瓶中稿〉

我並不懷疑，此刻

你們也許正在遠方的陸上想念這港口

一千次船隻離去

我留在下午

看守這一片逐漸受蝕、後退的海岸教室

～陳黎〈海岸教室〉

在某一年的花蓮文學研討會上，陳黎說，在花蓮寫作是很痛苦的，因為在他之前，已經有楊牧以詩、陳列以散文寫過花蓮。

楊牧的花蓮是山水交織成的神祕土壤，無論楊牧人在美國、在台灣，無論是俯視或仰望，所看到的都是湧溢著無盡祕密與青春的海岸。十八歲以前，楊牧穿梭在花蓮的市街之間，騎著腳踏車越過一座又一座的小山丘，在教室裡眺望花蓮的白燈塔與燈塔下的漁民，在印刷廠裡爭辯著詩的有用與無用。當時他急急想要躍出的海岸，原來是一切波浪開始搖盪的海岸。

陳黎的花蓮是震盪的花蓮，不是海浪溫柔的搖晃，而是一次又一次、連續不斷的驚嚇。陳黎的太魯閣則是種族交會、衝突、血戰的峽谷，相同的故事反覆上演，群山萬壑堆疊成歷史與時間的縐摺。他也坐在濱海的窗戶旁邊，看著楊牧看過的白燈塔。然而楊牧是被燈塔騙去了注意力的學生，深深覺得燈塔與海浪比課堂更加吸引人，陳黎卻是課堂裡困擾的教師，那個燈塔，偷偷地引誘了他的學生。

永嘉

> 剖竹守滄海，枉帆過舊山。山行窮登頓，水涉盡洄沿。巖峭嶺稠疊，洲縈渚連綿。白雲抱幽石，綠篠媚清漣。
>
> ～謝靈運〈過始寧墅〉

謝靈運大概是最懂得善用本錢、遊山玩水的詩人。對心高氣傲的謝靈運來說，從朝中外放到永嘉當太守，實在很委屈，索性把赴任當成郊遊，到任以後更是三天兩頭請病假出門爬山；病假請多了嫌麻煩，乾脆辭官，玩得更盡興了。

謝家在南朝本屬世家大族，謝靈運自己的宅第裡就有南山、北山與湖泊，門下自然也有門客數百，與他朝夕出遊，「出谷日尚早，入舟陽已微」，窮日竟夕還逛不完。為了便於登山，他的木屐還是特別製作的，在鞋底的前後端各有一個支角，上山時把前面的支角拆掉，下山時則把後面的支角拆掉，如此一來，不論上山或下山，他都可以適應山嶺的坡度，如履平地。

但是自己家的湖泊山嶺，終究還是會有逛膩的一天，於是他率領眾多門客，一路鑿山浚湖，喧囂而去。這樣成群結隊的數百名登山客，在既富才華、又兼家世，同時恣縱率性的謝靈運帶領下，當然會釀出一些事端。他們為了登人所未見之山，尋人所未行之徑，常常闖進密林中，難以繼續前進。謝靈運的辦法很簡單，直接命人把樹木砍了，開出道路，繼續遊玩。這種行徑驚動了太守，幾乎把這大隊人馬當成山賊。

成都

好雨知時節，當春乃發生。隨風潛入夜，潤物細無聲。野徑雲俱黑，江船火燭明。曉看紅濕處，花重錦官城。

～杜甫〈春夜喜雨〉

詩聖杜甫一生潦倒，經歷唐帝國由開元盛世轉趨喪亂的關鍵時期，他看到唐帝國最美麗的一刻，又眼睜睜的看著那個金碧輝煌的殿宇崩壞碎裂，這樣的歷史風雲把他吹捲到諸葛武侯的成都。

唐肅宗乾元二年，西元759年，杜甫帶著家眷來到四川，之後就在成都西門外浣花溪畔營建草堂。為了布置草堂的周邊環境，杜甫向蕭實要來桃樹苗，向韋續要來綿竹，向何邕要來榿木，向韋班要來松子和瓷碗，去石筍街的果園坊尋覓果樹苗。其中，四棵小松樹最得杜甫喜愛，即使在離開成都後也念念不忘，擔心小松被蔓草纏擾。

草堂是杜甫生活的地方，諸葛祠則可能是杜甫在四川最多感慨的地方。「丞相祠堂何處尋？錦官城外柏森森」，陰涼樹影中，杜甫追念諸葛丞相，同時或許也在問自己：武侯當年在蜀地謀求興漢大業，壯志未酬身先死，淚滿襟的英雄是誰呢？「我」為武侯感涕傷淚的英雄志願，有機會實現嗎？

都柏林

葉慈（W. B. Yeats, 1865~1939）在都柏林、倫敦兩地接受教育，以英文寫詩，在闊園（Coole Park）度過三十餘個夏天。

闊園為格雷戈里夫人（Mrs. Gregory）所有，她是葉慈最重要的朋友，不但支持他的文學創作，亦且慷慨提供闊園的流水和森林，成為葉慈一生中最重要的家園，在詩中屢屢提及，「蔚為一極具系統的豐富、繽紛的意象體系，與敘事的格局。」（楊牧）葉慈不僅在此地寫詩、為此地寫詩，也是在這裡規畫了「愛爾蘭文學劇場」，於都柏林首演，日後成為舉世聞名的艾比劇場（Abbey Theatre）。闊園代表愛爾蘭在英格蘭統治下的優渥與雅致，正是在這樣的優渥與雅致中，葉慈開始關心愛爾蘭的困頓與悲憤，從典雅的闊園重新走向燃燒著革命熱情的都柏林，投入愛爾蘭的獨立革命事業。

格瑞那達

在陰影裡，他們的眼睛充滿了
黯黯的，最深最沉的夜色。
在疾風參差的峰稜中
帶著鹽味的晨光剝裂，剝裂。

～羅爾卡〈聖麥柯〉（楊牧譯）

羅爾卡（Federico Garcia Lorca, 1899~1936）生於西班牙南方安達魯西亞的格瑞那達（Granada），該地從七世紀到十五世紀都在回教徒統治之下，也是伊比利半島上最後才滅亡的回教王國。長久的阿拉伯文化與基督教文化融合，形成此地獨特的音樂與民俗。羅爾卡出生於格瑞那達西方的小村莊「牧羊人橋」

（Fuente Vaqueros），耳濡目染之下，將情感融入詩作與音樂中，採用安達魯西亞的「深歌」（Deep Song）以及口頭傳唱歌謠，發表詩歌，他的《西班牙浪人吟》就以特殊的韻律和文采享譽國際。

1936年8月19日，西班牙內戰已經爆發，羅爾卡站在山丘上俯視格瑞那達草原，卻被右翼人士槍殺。他的遺體埋在橄欖樹下，如今已成為羅爾卡紀念公園。

佛羅倫斯

佛羅倫斯是文藝復興的重鎮，我們常常會想起米開朗基羅為這個城市帶來的禮物，想起這個城市裡諸多古老而風雅的家族；而這些風雅的家族之間的鬥爭和殺戮，也走進了但丁筆下。十三世紀初期，為了政治上的需要，布昂德蒙提家族與阿米戴伊家族即將聯姻，然而布昂德蒙提家族的少主卻愛上另一個女子，並取她為妻。婚禮進行中，阿米戴伊家族殺了新郎，兩個家族的仇恨終於把整個佛羅倫斯捲進永無止盡的仇殺中，共計七十餘個貴族世家分成兩大集團，殺伐與爭鬥歷時數十年。

但丁沿著埃瑪河散步，在橋上寫下《神曲》，就曾提到這個可悲的故事，他但願年輕的布昂德蒙提沒有悔婚，否則寧可讓上帝早早將他投進河裡，悲劇就不必一再上演。

然而但丁自己能夠理智地免除愛情的折磨嗎？他畢竟還是在亞諾河（River Arno）上反覆沉吟，詠誦著

《神曲》與《新生》中的碧翠絲。

溫哥華

1996年，洛夫移居加拿大溫哥華，海內外的朋友們絡繹到訪，詩、酒、書、雪，讓洛夫的「雪樓」儼然成為華文文壇在北國的重要據點。

雪滿前樓，詩人初到溫哥華時遇雪，在雪夜與妻子一同看雪，起初是難言的驚喜，然而當雪越下越大，木製的屋頂脆弱地發出聲音，大雪就變得有點恐怖了。當然，臨窗對雪，洛夫還是不改「詩魔」的酣暢本色。窗外大雪紛飛，窗內鋪紙蘸墨寫狂草，墨意與雪舞相融，這是洛夫的孤傲與狂放。在這樣的時刻，揮毫與寫詩並無二致，都已進入創作的顛狂，非醉非醒、物我兩忘。

而雪地漫無涯際的白與冷，在湧動飛舞的底層畢竟是冷靜的，這也正是洛夫對生命的態度：蕭散而悲涼。

罕姆斯特

美國麻州的罕姆斯特（Amherst）離波士頓不遠，約兩小時車程，艾蜜莉·狄金生（Emily Dickinson, 1830~1886）終生在此隱居，三十歲以後幾乎足不出戶，只有一次，為了治療眼疾而前往波士頓就醫。

艾蜜莉·狄金生並未投入工業革命與南北戰爭的波瀾，當作家們的眼神熱切地投注於變動迅速的世界，她的詩卻歸返於孤獨寧靜的內在世界。她離群索居，住處四周是清瘦的松

林，全身白衣，終日照顧花園、寫詩、寫信，只與少數極親密的親友來往，稍微生疏的親友都只能隔著半掩的門交談。在她有生之年，幾乎不曾真正存在於罕姆斯特的任何角落，然而她對外界的棄絕卻又使她成爲罕姆斯特的傳奇與閒談話題，使她無所不在。

至於她死後這麼多年，罕姆斯特小鎮主街（Main Street）上的狄金生故居，以及陳列了她的用品和詩作的學校、圖書館、文物典藏室，已經成爲「罕姆斯特」的全部。

布宜諾斯艾利斯

一家雪茄店像玫瑰似的薰香了沙漠。
傍晚已在昨日中消失，
人們分享著虛幻的往昔。
只缺一樣東西：對面的人行道。
我不相信布宜諾斯艾利斯有過開端：
我認爲她像水和空氣一樣永恆。
～波赫士〈布宜諾斯艾利斯建城的神祕〉（林之木、王永年譯）

魔幻寫實的開山祖師波赫士（Jorge Luis Borges, 1899~1986），出生於阿根廷首都布宜諾斯艾利斯。波赫士家境富裕，爲英裔阿根廷人，在政治立場上確實也親英而非親法。但是波赫士的政治立場之所以引發爭議，並不在於他親英或親法，而是他對軍人政府的統治表示接受。他排斥政治，反對戰爭，然而認爲軍人政府的存在還是必要的，使他成爲「溫和的、光說不練的無政府主義者」。正因如此，享譽國際的波赫士在故鄉阿根廷並沒有受到相等的推崇，他的鄉親認爲他對政治現實缺乏理想，態度保守，因而頗遭排斥。

於是，波赫士一生在阿根廷的時間也並不長，少年時在瑞士求學，半生旅行，最後也病逝於瑞士日內瓦。

然而波赫士走向世界文壇的關鍵，還是故鄉布宜諾斯艾利斯。在第二次世界大戰期間，當地有相當多的歐洲難民，其中的法國讀者對他特別感興趣，戰後遂開始將他的作品譯爲法文，此後又陸續譯爲義大利文、德文等多國語言。

反對戰爭的波赫士卻支持倚賴軍權的政府；流蕩世界的波赫士在故鄉被鄉親排斥，也在故鄉獲得了外國的讀者；也是因爲波赫士所反對的戰爭，爲他帶來了這些讀者。

激流島

詩人顧城偕同詩人妻子謝燁、情人李英在激流島隱居，他說：「我要修一個城，把世界關在外邊。」

顧城形容激流島是「一片原始叢林」，墾荒是他理想的生活，於是他們搬石築地，採貝養雞，喝雨水、鋸木柴、燒陶碗。他在這裡實現了女兒國的夢想，同時愛著兩個女人，也得到兩個女人的愛，並且渴望自己能以女人的方式生活，以女人的方式愛女人，渴望看到女人與女人相愛。

然而李英終於與按摩師私奔，離開激流島，並且揚言顧城的一切與她無關，顧城死不死，她也不管。於是顧城在他封鎖的孤城裡，用斧頭劈死謝燁，而後自盡。

激流島不是城市，是詩人毀滅夢想與生命的地方。

■

台北詩一日遊

文／邱稚宣　整理／凱倫兔

1. 外雙溪遊故宮，白玉苦瓜當早餐

因為山
所以溪
因為山向陽向明
所以水從蘇州、外雙溪到世界二十一世紀
飛舞
——蕭蕭〈外雙溪的斷代史橫切面〉

位於台北市北端、與陽明山為鄰的外雙溪一帶，可稱得上是台北市的山明水秀之地，故宮博物院與東吳大學更為其增添了濃郁的文教氣息，許多詩人如周夢蝶、楊照、蕭蕭、林建隆等人都曾在此地居住，或是從事教學的工作。

2. 到行天宮卜卦，看看鐵條上寫了什麼詩？

擠嚷的我們
奔忙的我們
計較的我們
即使不趕路
也擔心湧來的鞋聲
——連水淼〈恩主公廟〉

行天宮位於民權東路二段，俗稱恩主公廟，裡頭主祀關聖帝君，前往求神問卜的人極多，連帶的也帶動了門口附近的攤販以及地下商場的算命攤位的繁榮，形成獨有的特色。

3. 從空中的雲霄飛車，掉入大水中的潛水艇──

徐欽敏攝影

頂上有鋼筋斷
裂的聲音
那是為了讓風
更完整地通過嗎？
給我們的午餐
添加一些危機感
——鴻鴻〈在未來的捷運站午餐〉

高雄的捷運軌道、被大水肆虐的地底隧道，已經是每天通勤的台北市民所習慣的風景了。當初在建造過程中所留下來的傳言與弊端，卻被詩人不經意地記錄了下來，繼續提醒我們早已溶解在日常生活裡的，日益平凡但卻持續而稀薄的危機感。

14. 月光下的國父紀念館，和蚊子互道晚安

月亮
敲響第一句晚鐘後
便走入
寬袍束帶的長廊
——鴻青〈夜遊國父紀念館〉

除了白天放風箏，夜裡的國父紀念館寬闊而涼爽，在光影掩映的長廊裡，或許也邀月亮來坐坐。

13. 迪化街抓把藥，熬製《春膳》才有料

香菇飄香著山林的回憶，
蝦米乾燥著海洋的靜默，
一只灰黃的紙燈籠，照出
一條清代的步道
滿街飄揚的髮辮
——須文蔚〈迪化街〉

迪化街舊屬大稻埕，自清末以來就是台灣南北貨、茶葉、中藥和布匹的批發中心，也保有了許多日據時期的和風巴洛克式建築，光復後大稻埕各街道拓寬改建，只有迪化街仍維持舊有的景觀和傳統的交易型態。這條裝滿山海雜貨與歷史塵土味的街道，在詩人的筆下更突出了時空錯位的氤氳氣息。

12. 西門町看電影，感受青春的擁擠

何經泰攝影

最好看最流行的那款NIKE球鞋我沒買到
所有必須被逼迫的考試都在今年夏天以前結束了
我愛上的那個人還沒來只能等待那那
不知道我會不會後悔的電影
——KIMILA〈青春的西門町，我的行走帖〉

西門町，這個凝聚了老中青三代詩人記憶的街區，數度的繁華起落也分別標示了各個世代的青春版圖。這裡呈現的是新生代詩人KIMILA筆下的西門町。親愛的，我生命裡的懷舊還不夠強壯，我在西門町記得的東西很多，可是記住的只有一點點。

11. 廈門街拾舊貨，揀一個適合讀詩的藤椅

又一輪中秋月快圓的季節
秋已到巷口，夏還徘徊
在巷底那一排闊葉樹陰裡
這是全世界最隱密的地方
——余光中〈廈門街的巷子〉

在余光中的自述裡，廈門街一一三巷是一條幽深而隱密的窄巷，他在其中度過二十餘年有如壺底的歲月。一條不起眼的小巷經過詩人的書寫，成了鄉愁的蟄居地，而我們眼中的城市，是否同樣有一條最隱密的街道，用以書寫，與封藏？

4

挽著美麗的行道樹，
一起漫步仁愛路

仁愛路上
那一群睡了一冬的
菩提樹，春天一到
就紛紛把自己
裹上新裝
　　　　向明〈菩提樹〉

仁愛路上的代表植物就是菩提樹了，隨著季節的變化，詩人把每天上下班所經過的街道也寫成了有情的風景。

5

轉戰師大路，殲滅
烤香腸，血拚舊詩集

我常去放鬆步子
暢心的看那些年輕的臉
閱讀它們的歡欣與憂怨

然後我停在
那座不夠氣派的自強鐘前
想心事
　　　　——辛鬱〈師大路上〉

師大路的情形與溫州街類似，同樣有水準書局、政大書城這類學生常去的折扣書店，一整條街的食物攤販與隱身在曲折巷弄內的咖啡店，也是吸引詩人駐足探訪的原因之一，其中，位於泰順街的爾雅咖啡的地下室，還曾經是植物園詩社成員長期聚會的場所。

6

身懷水源路的胡椒餅，
放眼對岸的永和豆漿

蔡志揚攝影

我怎麼能夠知道呢？我只是坐車要去水源路，最多戴上墨鏡，有一本日記本和一串鑰匙，我假裝咳嗽，偏頭看窗外，心裡著急，表情就任何一位乘客一樣冷漠；我對時間也許有狂妄的企圖，只是不便明說。

城市的終點在哪裡？夏宇在《備忘錄》中1981年的分隔頁裡寫下了這段話。或許，水源路和城市裡任何其他可能的終點並無不同，不同的只是填滿整個過程的企圖，只是同樣的不便明說。

7

在荷花池邊，
掉進一個翹課的午後

世紀末，在夏日街頭
蓮花池與小銅珠店之間
一個剛剛步出歷史博物館的
中年男子，揮汗如雨
仰頭迎接一陣
突如其來的秋風
　　　　——陳黎〈秋風吹下——給李可亮〉

位於台北市南海路的國立歷史博物館，館前與建國中學隔街遙望，館後有植物園荷池環繞。博物館內展示的文化標本與自然景觀，在詩人筆下也同時反差出門外城市的快速與喧囂。

10

傍晚的衡陽路，
和「考」鴨一起壓馬路

從來沒有如此古怪的安靜過
偌大的街道
一向人擠人、車擠車
呼吸擠呼吸、分秒擠分秒
的街道。忽然
被閣了似的
　　　　周夢蝶〈除夕夜衡陽路雨中候車久不至〉

除夕夜的衡陽路是什麼樣子？詩人寫下了整段候車的過程，昏暗的燈光與闃靜無人的街道，只留下詩人和來回往返的公車路線的，在你我的記憶之外的，隱身在節慶背後的城市。

9

鐘聲響了，到凱達格蘭
大道看時代的交接

造一池春水
讓夕陽久留
攝一張凱達格蘭風景
讓鐘聲和杜鵑
取代升旗閱兵的明信片
　　　　林建隆〈凱達格蘭風景〉

介壽路的更名代表了一個舊時代的終結，新時代的開始，即使如今的凱達格蘭大道與博愛特區仍然掩不住濃濃的政治味道，但也多少沖淡了以往的嚴肅氣氛。這首詩也如實記錄了詩人始終堅持以美學來取代政治的理想。

8

穿越歷史的窄門，
遇見愛國的童年

抬頭望，依然是夢中鄉土的小南門，怎麼？
卻有百輛機車飛繞著表演，這城樓怎成了
流浪馬戲團的帳篷呢？
　　　　郷愁予〈小住客園西路〉

愛國西路、小南門、警備總部建築起戒嚴時代牢不可破的城國，也是台北城最早發展的區域，它寧靜而嚴肅的氣氛一直深深的留在詩人的心中。而當時移事往，它昔日的角色早已悄然褪落，徒留給詩人無限的緬懷與悵然。

人生比不過波特萊爾的一行詩。

國家圖書館出版品預行編目資料

詩戀Pi / 張惠菁主編. -- 初版. -- 臺北市 :
網路與書, 2001[民90]
　　面;　公分. --(Net and Books網路與書
雜誌書 ;2)

ISBN 957-30266-1-9 (平裝)

1. 詩 - 評論 2. 詩 - 網路資源

812.18　　　　　　　　　　90022262

如何購買Net and Books 網路與書

0 試刊號

>特集
閱讀法國
從4200筆法文中譯的書單裡,
篩選出最終50種閱讀法國不能不讀的書。
從《羅蘭之歌》到《追憶似水年華》,
每種書都有介紹和版本推薦。
定價:新台幣150元
存量有限。請儘速珍藏這本性質特殊的試刊號。

1 《閱讀的面貌》

試刊號之後六個月,才改變型態推出的主題書。
第一本《閱讀的面貌》以人類六千年閱讀的歷史與
發展爲主題。
包括書籍與網路閱讀的發展,都在這個主題之下,
結合文字與大量的圖片,有精彩的展現。
本書中並包含《台灣都會區閱讀習慣調查》。
定價:新台幣280元,特價199元

2 《詩戀Pi》

在一個只知外沿擴展的世界中,
在一個少了韻律與節奏的世界中,
我們只能讀詩,最有力的文章也只是用繩索固定在地面的熱氣球。
而詩則不然。
(人類五千年來的詩的歷史,也整理在這本書中。)
定價:新台幣280元

Net and Books 網路與書

訂購方法

1. 劃撥訂閱

劃撥帳號：19542850　　戶名：英屬蓋曼群島商 網路與書股份有限公司 台灣分公司

2. 門市訂閱

歡迎親至本公司訂閱。　　台北：台北市105南京東路四段25號10樓之1。

營業時間：週一至週五上午9：00至下午5：00

3. 信用卡訂閱

請填妥所附信用卡訂閱單郵寄或傳真至台北(02)2545-2951。

如已傳真請勿再投郵，以免重複訂閱。

信用卡訂購單

本訂購單僅限台灣地區讀者使用。台灣地區以外讀者，如需訂購，請至www.netandbooks.com網站查詢。

□訂購試刊號　　　　　　　　　　　　　　　定價新台幣150元×＿＿＿冊=＿＿＿＿＿＿元

□訂購第1本《閱讀的風貌》　　　　　　　　　特價新台幣199元×＿＿＿冊=＿＿＿＿＿＿元

□訂購第2本《詩戀Pi》　　　　　　　　　　　定價新台幣280元×＿＿＿冊=＿＿＿＿＿＿元

□預購第3本至第14本之《網路與書》（不定期陸續出版）特價新台幣2800元×＿＿＿套=＿＿＿＿＿＿元

以上均以平寄，如需掛號，

□試刊號與《閱讀的風貌》、《詩戀Pi》每本加收掛號郵資20元

□預購第3本至第14本。每套加收掛號郵資240元

訂 購 資 料		
姓名：	生日：	性別：□男　　□女
身分證字號：	電話：	傳真：
E-mail：	郵寄地址：□□□	
統一編號：	收據地址：	

信 用 卡 付 款	
卡　　別：□VISA　　□MASTER　　□JCB　　□U CARD	
卡　　號：＿＿＿＿＿＿＿＿＿＿＿＿＿＿＿	有效期限：200　年　　月止
持卡人簽名：＿＿＿＿＿＿＿＿＿＿＿	（與信用卡簽名同）
總 金 額：＿＿＿＿＿＿＿＿＿＿＿	發卡銀行：＿＿＿＿＿＿＿＿＿＿